LA FÊTE DES PÈRES

DU MÊME AUTEUR

L'EAU GRISE, *roman*, Plon, 1951, et Stock, 1986.
LES ORPHELINS D'AUTEUIL, *roman*, Plon, 1956.
LE CORPS DE DIANE, *roman*, Julliard, 1957, et Livre de Poche (4746).
LES CHIENS À FOUETTER, Julliard, 1957.
PORTRAIT D'UN INDIFFÉRENT, « Libelle », Fasquelle, 1957.
BLEU COMME LA NUIT, Grasset, 1958, et Livre de Poche (5743).
UN PETIT BOURGEOIS, Grasset, 1963, Livre de Poche (2592), et « Cahiers rouges », 1983.
UNE HISTOIRE FRANÇAISE, Guilde du Livre, 1965 ; Grasset, 1966 (Grand Prix du Roman de l'Académie française), et Livre de Poche (5251).
LE MAÎTRE DE MAISON, *roman*, Grasset, 1968, Plume d'Or du *Figaro littéraire*, et Livre de Poche (3576).
LA CRÈVE, *roman*, Grasset, 1970 (Prix Femina) et Livre de Poche (3420).
ALLEMANDE, *roman*, Grasset, 1973, et Livre de Poche (3983).
LETTRE À MON CHIEN, Gallimard, 1975, et Folio (843).
LETTRE OUVERTE À JACQUES CHIRAC, Albin Michel, 1977.
LE MUSÉE DE L'HOMME, Grasset, 1978, et Livre de Poche (5368).
L'EMPIRE DES NUAGES, *roman*, Grasset, 1981, et Livre de Poche (5686).

Albums :
HÉBRIDES, avec des photographies de Paul Strand, Guilde du Livre, 1962.
VIVE LA FRANCE, avec des photographies d'Henri Cartier-Bresson, Robert Laffont, 1970.
DU BOIS DONT ON FAIT LES VOSGES, avec des photographies de Patrick et Christiane Weisbecker, Le Chêne, 1978.
METZ LA FIDÈLE, avec des photographies de Jean-Luc Tartarin, Denoël/Serpenoise, 1982.

FRANÇOIS NOURISSIER
de l'Académie Goncourt

LA FÊTE DES PÈRES

roman

BERNARD GRASSET
PARIS

IL A ÉTÉ TIRÉ DE CET OUVRAGE VINGT-CINQ EXEMPLAIRES SUR VÉLIN CHIFFON DE LANA DONT QUINZE EXEMPLAIRES DE VENTE NUMÉROTÉS VÉLIN CHIFFON LANA 1 À 15 ET DIX HORS COMMERCE NUMÉROTÉS H.C. I À H.C. X, CONSTITUANT L'ÉDITION ORIGINALE

Pour Mario, plus vivant que jamais.

« Un cœur de père est un chef-d'œuvre de la nature. »

ABBÉ PRÉVOST, *Manon Lescaut.*

« Autrefois, dès que j'étais seul, je rêvais à des Napoléonades de passion. J'ai fait mon compte. Je suis moins naïf. J'ai appris à mes dépens qu'il ne faut pas prendre la volée pour le bond et qu'il est indispensable, avant tout, de dissimuler comme une maladie secrète l'infernal besoin de croire. »

JEAN GIONO, *Noé.*

1

La scène

Depuis le temps que je me mets à table, je devrais avoir vidé mon garde-manger. Aussi n'est-ce pas en fouillant dans mes secrets que j'écrirai le récit qui commence ici, mais en jetant sur le papier, ambiguë, encore palpitante, une aventure vécue il y a quelques mois et dont les révélations me harcèlent.

Bien qu'il n'y parût pas toujours j'ai veillé dans mes livres, fussent-ils souillés d'aveux, à respecter les règles d'une certaine bienséance. Sous le prétexte de n'engager que moi par mes confidences j'ai pratiqué, j'ose le mot, une pudeur que je feignais par principe de blâmer. Je nommais « chiennerie » son contraire afin de me l'interdire avec élégance. Ainsi tentais-je de tirer de doubles bénéfices de la délicatesse et de l'audace. Je ne sacrifierai pas ici à cette habileté. Mon sujet — si « sujet » il y a — la rendrait dérisoire.

Nous étions à la fin de janvier, dans ce creux de l'hiver où les courages s'épuisent. J'avais promis de me rendre à B., où m'invitait le Cercle d'études françaises. Sa présidente me demandait depuis longtemps une conférence. J'avais proposé, en retour, un débat où je répondrais « en toute spontanéité » aux questions qu'on voudrait bien me poser. Questions que j'espérais vives, voire provocantes. Pourquoi pas ? Je me connais : les célébrations du culte désuet que les vieilles sociétés, en province surtout, rendent encore aux écrivains m'accablent d'ennui. Ma propre voix me berce et seuls quelques sifflements de fouet me gardent du sommeil. Par chance les lecteurs ordinaires (assez ordinaires pour ne pas se contenter de nous lire et chercher à nous rencontrer), qui au fond d'eux-mêmes nous considèrent comme des bateleurs, ne manquent jamais face à nous, quand on leur donne la parole, d'en user et d'en abuser. Il leur arrive, dans les débats comme celui que je devais « animer » à B., de produire de ces méchancetés peut-être involontaires qui m'inspirent, dans mes meilleurs jours, des insolences inattendues. Lesquelles piquent mes auditeurs, réveillent la salle, me donnent de moi une image flatteuse et m'aident à traverser sans trop de désagrément une soirée qui, sans ces épices, me paraîtrait fade. Ces séances en forme de matches supposent, on le conçoit, une excellente condition, et ne sont supportables qu'au rythme de deux ou trois par an. Comme on s'y engage des mois à l'avance on prend date avec insouciance. Il semble que l'épreuve soit lointaine. Soudain elle est pour demain ; il faut s'y préparer, remuer dans sa tête des idées, griffonner des notes ; on se demande ce que diable on va faire dans cette galère : c'est l'état d'esprit où je me trouvais ce dimanche de janvier, veille de mon départ pour B.

Lucas était passé rue de la Source dans l'après-midi, sans m'avertir, bien entendu. Voilà un an que j'ai renoncé à lui demander : « Téléphone-moi... » C'était peine perdue et ma prière lui paraissait désobligeante. Je m'applique, depuis mon divorce d'avec Sabine, à dépouiller les visites de Lucas du caractère rituel, emprunté, que ne manquent pas de prendre, et très vite, les rencontres d'un père et d'un enfant quand ils ne vivent pas ensemble. On répète volontiers à son fils : « Tu es chez toi, ici... » Mais le fait de le dire n'est-il pas déjà l'aveu d'une supercherie ? Dans un foyer normal, avec ses repas de famille, les chambres des enfants, les fous rires et les grognes inséparables de la cohabitation, il ne vient pas à l'idée des parents d'affirmer à leurs rejetons qu'ils sont « chez eux ». Tout le proclame assez ! Depuis plus d'une année j'ai donc banni de mes usages, du moins je m'y efforce, les remontrances, épanchements excessifs, précautions qui risqueraient d'accentuer le côté artificiel de mes rapports avec Lucas. Y suis-je parvenu ? Il vient chez moi « quand il veut », c'est-à-dire une fois le mercredi soir et une autre le samedi ou le dimanche. Je ne songe pas à me plaindre ni à souffrir de cette rétention de la tendresse. Et même, autant le reconnaître, je serais contrarié si Lucas bouleversait des habitudes établies entre nous depuis six ou sept ans et que nous respectons à notre commune satisfaction. Du moins voyais-je ainsi les choses au moment où commence ce récit. Cette vision n'est pas étrangère aux développements de ce que je veux raconter.

Ce dimanche-là, Lucas sonna vers quatre heures de l'après-midi. Il n'arrive en général que dans la soirée, quand j'ai fini mon travail et me suis assis au salon avec un livre, un verre à portée de la main. J'en offre un à Lucas, qu'il accepte, ce qui donne automatiquement lieu à une plaisanterie à laquelle nous prenons lui et moi grand plaisir. En effet, Sabine raconte volontiers à qui veut l'entendre que je pousse notre fils à boire. La formule est excessive, s'agissant de moi, qui suis redevenu sobre, et d'un verre par semaine. Nous rions donc tous les deux et je sers à Lucas une honnête rasade. Je ne suis pas mécontent, veillant à ne jamais lâcher devant lui une parole qu'il pourrait interpréter comme une « attaque » contre sa mère, de le laisser imaginer pourtant, à travers une taquinerie innocente, la façon dont peu à peu Sabine avait empoisonné notre mariage par des exagérations, une rage de juger, des interprétations délirantes.

Je crois être parvenu à cacher à Lucas le

léger agacement ressenti en le voyant débarquer, si tôt, dans cette rêvasserie oisive des dimanches que j'ai pris l'habitude de baptiser « travail ». Il est vrai que des paperasses traînent ce jour-là autour de moi, des brouillons, du courrier, ni plus ni moins que les autres jours, et que le silence du téléphone peut donner l'illusion d'une retraite laborieuse. Mais, au vrai, c'est seulement ma disponibilité que j'aime le dimanche, un certain abandon sans témoins, une mollesse des pensées et des gestes que je condamne chez autrui et dont je n'aime pas offrir moi-même le spectacle. Lucas le comprit-il ? Sans doute vit-il d'un coup d'œil mon pantalon froissé, mes cheveux en épis. Une femme eût-elle été présente, il nous eût soupçonnés, elle et moi, de nous relever à peine d'embrassades désordonnées. Mais j'étais seul — il le vérifia sous prétexte de monter se laver les mains — et il pensa, je présume, que je roupillais au moment où avait retenti son coup de sonnette.

— Ah, tu travaillais ? me dit-il avec intention.

Et dès cette première réplique notre dialogue était mûr pour tourner mal.

Lucas aura bientôt dix-neuf ans.

Dix ans durant, du moment où il sortit des vagissements et trépignements du petit âge jusqu'à son adolescence, je l'ai appelé « l'enfant du miracle ». Le souvenir historique agaçait Sabine, qui ne me trouvait que trop vivant. J'avais autre chose en tête, bien sûr. J'aurais dû dire, afin de bien exprimer mon sentiment, que Lucas *tenait du miracle*. Habitué à nourrir envers les jeunes enfants la suspicion la plus vigilante, je m'émerveillais de la grâce de celui-là, de son art des câlineries, de ses gestes harmonieux. Les enfants très beaux sont faciles à aimer, comme le sont pour d'autres raisons les petits malheureux qu'une disgrâce majeure laisse sans défense et livre aux compensations de notre tendresse. Dans cette concurrence entre extrême séduction et extrême dénuement, les enfants *moyens* sont défavorisés. Ils sont aimés, si j'ose dire, entre deux chaises. Ce n'était pas le cas de mon fils dont les longs cils sur un regard mouillé de gentillesse, la peau saine, les silences de chat me fascinaient. Il sentait bon. Jamais, du temps où nous habitions encore ensemble, Sabine, lui et moi, je ne flairai dans sa chambre cette odeur de godasse et de renfermé que je comprends mal que les parents tolèrent sans dégoût.

Un jour, entrant dans le salon, j'y trouvai Lucas avachi sur le canapé, les pieds loin devant soi, le dos à la fois rond et creusé. Il était toujours lui-même mais il s'était mis à ressembler à n'importe qui. « Voilà, pensai-je, ce doit être ça, l'âge ingrat, le moment où une espèce de veulerie assouplit le squelette des adolescents... » En quelques semaines le regard de Lucas se troubla, parut me fuir ; son langage s'altéra, son vocabulaire devint pâteux et s'appauvrit. Il laissa tomber des objets qui se brisèrent. Il vivait seul avec Sabine depuis un an. Je fus tenté d'accuser mon ex-épouse d'avoir provoqué, par des sucreries et des maladresses, la métamorphose de notre fils. C'eût été un grief et une querelle classiques. Mais, à y réfléchir, il était plus vraisemblable de soupçonner Sabine d'hystérie ou de dureté que d'indolence. Elle n'était pas une mère à cajoleries. Je commençai donc, dans les récits de la transformation de Lucas, pleins d'amertume, dont j'accablais de rares amis (les autres me croyaient le cœur sec, et mauvais père), déplorer les méfaits du divorce, l'affadissement des gosses abandonnés aux seuls soins des femmes, etc. Le discours ne convenait guère à mon personnage ni à la visible allégresse avec laquelle Sabine et moi nous nous étions séparés. Cette contradiction ne m'embarrassait pas, non plus que la banalité de mes jérémiades. Tout à la rage où me plongeait la corruption dont je croyais Lucas atteint, je ne cherchais pas davantage à mettre mes réactions en harmonie avec les opinions exprimées dans mes livres qu'avec mes paroles. Il me semblait être victime d'une injustice, et que mon fils n'aurait pas dû subir une épreuve que d'autres pères m'affirmaient être banale. Leur *philosophie* me faisait horreur. Je ne voulais pas, moi, prendre mon mal en patience. D'ailleurs il s'agissait du mal de Lucas, non du mien, et je me donnais le beau rôle de penser à la qualité de mon fils plutôt qu'à ma gloriole de père.

Les ongles de Lucas s'endeuillèrent, son haleine me parut aigre et lourde. Je n'attendais plus ses visites sans angoisse. Il la sentait, cette angoisse, et perdait tout naturel. Je guettais ses airs contraints, me heurtais à son front buté. Je déployais des efforts humiliants pour l'apprivoiser, mais, dans le moment même où je me dépensais avec le plus de générosité, la sensation de ma gaucherie et l'inutilité de mes tentatives m'accablaient. L'indolence de ce long corps affalé semblait ne pouvoir jamais être guérie. Je rêvais de tuteurs, de garde-à-vous militaires. J'en vins, les jours où j'attendais Lucas, à retirer les coussins du canapé. Pour un peu je l'eusse reçu debout, comme on dit que faisait ce directeur de journal de ses collaborateurs ou, au contraire, entraîné à des marches, à des efforts intenses et vains pour ne plus voir son corps s'affaisser, chercher partout d'inutiles points d'appui.

Ces obsessions mobilisaient et dévoyaient ma tendresse. Elle ne désarmait pourtant pas et guettait sa chance. Nos bavardages devenaient, de visite en visite, plus plats et coupés de plus nombreux silences. J'en vins à leur préférer le brouhaha des restaurants ou la passivité des salles de cinéma. Le cinéma où Lucas se laissait glisser en avant jusqu'à appuyer sa nuque au dossier de son fauteuil. A mon côté il n'y avait plus que ce petit tas de jeunesse, cette absence. Par réaction je me raidissais, me haussais, mais bientôt le spectateur assis derrière moi protestait : ma tête et mes épaules lui cachaient l'écran. Je me tassais alors en constatant que j'avais perdu le fil de l'intrigue. Lucas n'avait pas détourné la tête. C'est à cette époque que nous prîmes l'habitude d'aller dîner, deux fois la semaine, dans ce « pub » proche de chez moi dont le menu plaisait à Lucas et dont le style me semblait adapté aux goûts que je prêtais à un adolescent. Je l'y avais vu deux ou trois fois se détendre pour m'y raconter avec bonne humeur des incidents de sa vie de lycéen. Rien d'exceptionnel, bien sûr, mais j'avais renoncé à attendre de nous des prouesses. La banalité me suffisait, et la routine. L'organisation imparfaite de ma vie d'homme solitaire me dispensait de prévoir nos dîners rue de la Source. Je me voyais mal cuisinant pour Lucas. Je n'avais pas compris que d'accomplir ensemble des gestes simples nous eût sans doute l'un et l'autre rendus à une certaine intimité, alors que la répétition du même trajet, les mêmes hésitations devant la même carte et jusqu'à la tête trop familière du maître d'hôtel finissaient par nous donner, à la fois, la sensation que le temps nous coulait entre les doigts et que chacune de nos soirées était interminable, interchangeable.

J'avais bien songé, en désespoir de cause, à briser notre solitude et à l'animer en invitant avec Lucas tel ou tel de ses camarades, voire à demander à une de mes compagnes de se joindre à nous. Je n'avais, comme on dit, aucune liaison. La question se posait donc de choisir, entre trois ou quatre amies possibles, celle qui à mon estime saurait plaire à Lucas et à qui Lucas aurait chance de plaire. Mais, outre qu'une initiative de cette sorte risquait de me lier à l'excès avec une simple complice, en faisant naître en elle l'illusion d'avoir à tenir un rôle dans ma vie, je m'aperçus bientôt qu'aucune des personnes avec qui je passais parfois la nuit ne me paraissait digne ni capable de cette aventure. Non pas que je fisse de cette rencontre une affaire d'Etat, mais j'imaginais des gaffes, des attitudes extrêmes ou maladroites et la gêne qui s'ensuivrait, peut-être même — sur quelles lèvres ? — un sourire vite avalé. En somme j'avais honte de mes compagnes devant Lucas, comme Lucas avait honte de moi devant ses copains, ou de ses copains devant moi. En effet, chacune de mes tentatives pour associer à nos dîners un des « amis », comme il les appelait solennellement, dont les noms revenaient dans la conversation de Lucas (moi je disais : « tes copains »), se solda par un malaise. D'un commun accord nous avions renoncé. Quant à une certaine Véronique, dont le nom ne reparaîtra sans doute pas dans ce récit, après qu'elle fut venue dîner avec nous au Cadogan Club — elle se trouvait comme par hasard à la maison ce dimanche-là quand Lucas était arrivé, très en visite et un verre à la main — mon fils, à minuit, me demanda brièvement qui elle était puis, après un silence, et pour la première fois, pourquoi sa mère et moi nous nous étions séparés.

A l'instant où il me posa cette question, ma voiture était arrêtée au bas de l'immeuble où Lucas depuis sept ans habite avec Sabine. Une fenêtre au premier étage, éclairée de reflets roses, m'interdisait d'oublier qu'il était tard et que Sabine à chaque minute devait regarder sa montre. Peut-être même venait-elle parfois écarter le rideau, scruter la nuit. Ces moments passés dans la chaleur obscure de la voiture étaient le meilleur de nos soirées. J'y éprouvais parfois, fugitive, la sensation d'avoir su rejoindre Lucas ; je le voyais hésiter, lui aussi, se dénouer, prolonger un plaisir qui peut-être ressemblait au mien. Ce soir-là je m'attendais si peu à ce que mon fils me posât une question personnelle (le style de nos rapports les rendait, de lui à moi, presque inconcevables) que je ne sus comment répondre. On me dira que la vérité eût constitué la meilleure réponse. Ces évidences ne circulent pas, à minuit, dans une tête saturée d'incertitude. J'improvisai donc un discours à la fois rusé et pompeux, incapable de choisir entre la comédie de l'ex-mari généreux et le simple respect de mes souvenirs. Lucas m'écouta un moment, sa main droite jouant avec la poignée de la portière qu'il abaissa brusquement, ce qui fit pénétrer le froid dans la voiture. Je frissonnai et me tus. « Il est tard », dit-il. Et il poussa vers mon menton le sommet de son crâne comme il faisait toujours au moment des baisers. J'eus sous les lèvres et le nez le rêche et l'odeur de foin de ses cheveux, et des relents de graillon attrapés au Cadogan. A quoi bon parler ? J'esquissai un geste pour passer la main sur sa tête, à contre-poil, comme je le faisais du temps où elle était coiffée court, et m'émouvait. Mais déjà il s'était dérobé, levé et claquait la portière. Deux minutes plus tard une autre fenêtre s'éclaira au premier étage, qui s'obscurcit brusquement quand furent tirés les rideaux. Je mis le moteur en marche. Cette nuit-là je ne rejoignis pas chez elle la nommée Véronique.

Notre conversation s'envenima. Comment ? Je sais seulement que la lumière hostile de janvier enlaidissait les choses. C'était un de ces jours où la mort tombe tôt. Je ne me rappelle aucune dispute. Rien que ces répliques laborieuses que nous enchaînions, moi avec une application suppliante, Lucas avec rancune. Il me guettait. Je ne sais plus quels sujets je tentai d'*aborder* — j'en suis là avec lui ! — mais, selon toute vraisemblance, je m'entendis formuler chacune des maladresses que je m'étais juré d'éviter : sur son travail (cette hypokhâgne du lycée Carnot qui pour l'autodidacte que je suis reste un monde mystérieux, presque hostile), sur sa résolution toujours défaillante d'arrêter de fumer, sur ces quelques jours que sa mère venait de passer, seule, à la montagne. Quand je perds pied, toutes mes trouvailles le blessent. Je commençais à espérer n'importe quel appel téléphonique qui abrégerait avec naturel notre désastre, mais le calme du dimanche, inaltérable, nous y enfermait. C'est Lucas, à mon soulagement, qui prit l'initiative d'écourter sa visite. Il prétexta des notes de philo à recopier chez un de ses camarades, non loin de la rue de la Source, et se leva. « Il est plus civilisé que moi », pensai-je.

— Bien sûr, nous dînons ensemble…

Il me regarda, étonné. Sans doute ne comprenait-il pas mon obstination à reprendre le cours d'une soirée qu'il venait de réussir à interrompre. « Oui, bien sûr », répondit-il à mi-voix. Il avait brusquement vieilli.

Ses pas firent trembler l'escalier, puis la porte claqua. Mon front était moite, mon souffle court. Je marchai vers la commode, sur laquelle un plateau, des bouteilles multicolores, des verres m'offrent leur permanente tentation. Mais l'idée me fit horreur, de boire ainsi, seul, au milieu de l'après-midi, même si la nuit était presque venue, comme si l'arrivée et le départ inopinés de mon fils eussent été assimilables à ces « émotions » après lesquelles il se trouve toujours quelqu'un pour vous offrir « un petit cordial ». Ainsi parlait-on dans mon enfance, dans ma famille, parmi ces gens dont je suis issu où toujours un sein palpitait, un cœur cognait, les vagues de la vie venant s'écraser au pied de personnages perpétuellement au bord de l'indignation ou de la syncope. Je leur ressemble plus que je ne voudrais le croire. Je détournai mon geste, ouvris un tiroir de la commode et en sortis une boîte pleine de photographies que je différais depuis longtemps de classer. Je m'éloignai du plateau et des bouteilles, la boîte à la main, dans un sentiment de demi-victoire.

Il y avait là, pêle-mêle, des coupures de presse, de ces clichés pris au flash dans des vernissages ou des cocktails sur lesquels on se découvre avec surprise une apparence optimiste, vaguement américaine, et au fond de la boîte une enveloppe bourrée de photos familiales que Sabine avait chargé un ancien ami commun de me remettre. Je constatai avec amusement qu'elle n'avait pas résisté à la tentation, si midinette, de découper sur certaines épreuves sa silhouette, sur d'autres celle d'un homme avec qui on lui prêtait une aventure. De sorte que Lucas, alors aux environs de ses dix ou douze ans, y souriait parfois au vide, ou le cou entouré du bras velu de l'Amant sans tronc ni tête. Des étés, des dimanches, des souvenirs de parties de tennis ou de voile ont surgi, dans le gris de janvier, au gré des images, toutes légendées avec soin par Sabine, y compris celles dont elle avait expulsé son propre souvenir et celui, j'imagine, d'étreintes et de secrets auxquels je me sentais déplorablement indifférent.

Je m'aperçois que je n'ai pas tenté encore de décrire Lucas. Son âme, oui, ou son absence d'âme, que j'excelle à ausculter, mais jamais son visage ni son corps. Sans doute en suis-je incapable, fidèle en cela à l'aveuglement bien connu des pères. Lucas, je le vois changer plutôt que confirmer une apparence, en creuser les traits, devenir soi-même. Je connais moins son visage et son corps que ce désarroi que j'éprouve, de rencontre en rencontre, de saison en saison, à subir sa mobilité, à voir des expressions et des gestes auxquels je m'habituais se défaire, se diluer dans une nouvelle façon d'être, à son tour fugace, incertaine, et ainsi de suite.

C'est aussi cette histoire-là que me racontaient les photos de l'enveloppe jaune. Et je me posais des questions : comment et quand le petit garçon grave des étés à Argentières et à l'île de Ré était-il devenu cet adolescent longiligne, toujours maigre mais comme alangui, dont le visage évoquait moins le loup traqué de son enfance que la ruse d'un renard pilleur de poulaillers ? Les traits de mon fils s'étaient amenuisés. Ils me paraissaient être devenus à la fois pointus et flous. Chacune des photos était nette mais leur ensemble donnait l'impression du « bougé ». Et loin de laver son visage à grande eau comme fait ordinairement la gaieté, le sourire y posait, depuis deux années surtout (les photos d'Ibiza, d'Irlande), je ne sais quelle sournoiserie, ou méfiance, ou tout simplement de la tristesse, — une tristesse qui me désolait. Comment saurais-je décrire un être que je ne reconnais plus ?

« Il va revenir dans une heure », ai-je pensé. La nuit était depuis longtemps venue, les lampes allumées. J'ai essayé de classer les photos dans un ordre chronologique, mais je me suis vite aperçu que je mettais d'un côté les images de Lucas que j'aimais, de l'autre celles où je lui trouvais l'apparence d'une musaraigne, d'un resquilleur. Le téléphone heureusement a sonné. Etait-ce lui ? J'ai espéré entendre sa voix m'annoncer un projet inattendu et annuler notre dîner. Mais non, c'était Sabine. « Le petit est chez toi ? » m'a-t-elle demandé. Puis, tout de suite : « Tu es seul ? Je peux te parler ?... »

Sabine m'a raconté, la voix altérée, une « scène atroce » que lui avait imposée Lucas deux jours auparavant. Elle m'a cité des phrases de notre fils, rapporté des mots qu'il lui avait « jetés à la tête », mais ils m'ont paru irréels. Je ne le voyais pas se comporter ainsi.

— Peut-être ne le vois-tu pas, mais moi je l'entends. Je l'entends à longueur de journée. Si tu consentais, une fois, à descendre de ta tour d'ivoire et à t'occuper de nos petites misères...

Etc. Chacun sait ce qu'un ancien conjoint dit à l'autre dans ces cas-là, surtout s'il lui envie le beau rôle de l'absent, du visiteur hebdomadaire, de Saint Louis sous le chêne, du dispensateur d'argent de poche. Je suis supposé être tous ces personnages et jouir de tous les conforts et privilèges de l'homme seul, du seigneur qui prend ses repas au restaurant et ne s'arrache aux bras d'une maîtresse que pour emmener son fils à Venise ou à Londres, trois jours, jamais un de plus, dans un crescendo de musées, de bars et de cravates destiné à étourdir l'innocent et à fortifier une bonne conscience déjà florissante. Lucas ne racontait-il pas à Sabine nos soirées au Cadogan, nos poussives conversations ?

— Pour moi aussi, ai-je dit, c'est un moment difficile. Ne va pas croire...

J'ai négocié mes états d'âme contre la « scène atroce », dans les meilleures conditions possibles. A l'évocation de mes embarras paternels Sabine s'était rassérénée. « Tu es content de ton travail ? » m'a-t-elle demandé, ivre de générosité, et en même temps la voix brève, très femme moderne. « Formidable ! » ai-je affirmé. Et le disant (ma voix enjouée, tonique), j'ai pensé que j'étais en train d'avoir l'air aussi « américain » que sur les photographies prises au flash.

— Tâche d'avoir une bonne conversation

avec lui, de lui mettre un peu de plomb dans la cervelle...

Sabine, à quarante ans, usait des mêmes expressions que les vieillardes de mon enfance. Et puis cette façon de parler de notre enfant comme d'un gibier à ne pas manquer... Aucune boîte de paperasses ne m'a cette fois détourné du fascinant plateau. Je suis allé me servir un verre. Quand Lucas a sonné (je lui avais donné une clé mais il l'avait perdue), j'avais commencé de remonter la pente.

— C'est comme ce restaurant, pourquoi y venons-nous depuis trois ans ? D'ailleurs pourquoi griller tout ce fric dans des restaurants ?

Ses yeux avaient pâli et restaient fixés quelque part du côté de ma cravate. Quand je sens Lucas se tendre ainsi, que son débit s'emballe, que ses mots se bousculent, lui échappent (mais on devine qu'il les a longtemps tournés dans sa tête), ou qu'il les mâche avec l'emphase hargneuse que je connais bien, je me tais et me détourne. J'ai peur qu'il n'aille trop loin. Je voudrais nous épargner à tous deux les paroles irrémissibles autour desquelles je le sens rôder. Je me connais, je suis rancunier ; je ne digérerais pas les insolences ou les vérités trop insultantes que je provoquerais, par mes répliques, Lucas à formuler. Je m'accommode mieux de les deviner qui grouillent en lui mais que ma passivité l'empêche de lâcher. En général, dans un couple par exemple, chacun sait jusqu'où aller sans brûler les ponts. Au-delà, c'est le risque de rupture, on le mesure, et l'on éprouve une volupté à pousser ses pointes, à frôler la frontière interdite, soudain à l'outrepasser. Du moins le croit-on longtemps, — toutes les années que dure ce jeu d'enfer et de paradis. Mais cette fois il ne s'agissait pas d'un couple, ni d'amour.

Toujours est-il que ce soir de janvier je n'étais pas prêt aux formules vengeresses ni aux airs de dignité sous l'outrage.

Le garçon, en apportant nos plats, nous a délivrés.

— Le tartare ?

Lucas a désigné sa place, esquissé un sourire. « Puisqu'il s'agit de mon plat préféré... » Ce n'était pas bien méchant. Il ajouta des assaisonnements à sa viande et, à la conversation, des considérations de tout repos sur le ketchup. De quoi nous assurer un répit.

— C'est quoi, demain, ta conférence ? Tu l'as déjà faite ? Tu dois les savoir par cœur, à force.

Des questions ou des attaques ? J'ai expliqué à Lucas qu'il s'agissait de réponses, improvisées, à des questions parfois inattendues.

— Alors tu n'as rien à préparer.

Chacune de ses phrases, malgré l'apparence et ce vocabulaire de potache qui aurait pu m'émouvoir, était une affirmation et cherchait à m'ébranler. Ces coups de boutoir étaient d'une violence si disproportionnée au sujet qu'il ne m'était pas trop difficile de les parer. Il suffisait de rester calme. Quand il en est là de ses harcèlements, Lucas, entraîné peut-être à ce sport par Sabine, ne résiste pas à parler d'argent. Comment allait-il y parvenir ?

— Ils t'invitent à quel titre ?

— Ecrivain, je pense.

Lucas but d'un trait le verre de vin que je venais de lui servir. « Les journalistes, dit-il, c'est des fouille-merde... » On lui voyait une veine gonflée au milieu du front, et l'air soucieux.

Aussi agressive et impropre que fût la constatation, il me parut qu'elle marquait la décrue, que la rage de Lucas s'apaisait. Mes muscles et ma vigilance se relâchèrent. L'envie me venait de sourire, de jouer. Mes querelles avec Lucas, ou plus justement ces conversations où je me borne à endiguer ses fureurs, constituent les épisodes les plus ennuyeux de ma vie et, même si elles me rendent malheureux, j'ai du mal à m'y intéresser longtemps.

— Il paraît que tu as encore eu une jolie bagarre avec Sabine, ai-je dit presque gaiement.

L'air soucieux a fait place à un air concentré, glacial :

— Même à distance le gardiennage continue ? Non seulement vous ne vous parlez plus que derrière mon dos, mais sur mon dos. Jamais, tu entends ? jamais maman ne me parle de toi, ni de mes rapports avec toi. Si ce n'est pas trop demander, peux-tu en faire autant ?

Toujours, sous les assauts de Lucas, mon cœur s'affole, mes paumes deviennent humides. J'étais étonné, ce soir-là, de rester somme toute assez calme. L'idée d'une parade me vint :

— Je t'amène dans ce restaurant, dis-je, parce que je croyais que tu l'aimais. Sinon pourquoi l'aurais-je choisi ? Mais nous pouvons en changer, ou n'y jamais revenir, ou inviter qui tu veux. Nous pouvons aussi renoncer à nos dîners.

— Ça, je m'en doute...

L'air de rancune, cette fois, était émouvant. Je me suis rappelé le petit garçon aux yeux sérieux que deux heures auparavant les photos avaient ressuscité. Pour l'heure, avec sa fourchette, il dessinait des parallèles sur sa viande hachée. Un jardin japonais. Son visage, tout obstination, restait baissé. Tout cela devenait si mélodramatique. L'illusion m'a visité une nouvelle fois qu'il était en mon pouvoir d'inverser le cours de notre dégringolade.

— Pourquoi m'empêches-tu de t'aimer ? ai-je demandé.

Je me suis borné à cela, dégoûté de jouer cette comédie, de placer ma voix comme un cabot. Lucas a relevé la tête. Ses yeux ! Ni mes paroles ni ma voix ne s'adressaient à ces yeux-là.

— C'est aussi par amour, j'imagine, que tu es allé me pistonner auprès de Lancelot ?

Cela avait été craché à mi-voix, dans un tremblement de colère. Lancelot ? Son professeur de lettres à Carnot, ou de philo, je n'en savais même rien, un de mes anciens condisciples de Louis-le-Grand devenu normalien, perdu de vue pendant quarante ans et rencontré huit jours auparavant sur un trottoir. Méconnaissable. Il m'avait reconnu, lui. « Forcément mon petit vieux... la télé... les photos... » Sa main droite broyait la mienne pendant que la gauche m'agrippait l'épaule. « C'est à toi le gamin que j'ai en hypokhâgne ? » Ainsi, Lancelot, entre les galeries ouvertes de Louis-le-Grand et les couloirs de Carnot, n'était jamais sorti de l'enfance ? Je l'avais contemplé avec incrédulité. Qu'avais-je bien pu bredouiller, dans mon embarras, qui me valût cette sortie rageuse de Lucas ? Quels mots ordinaires et malheureux ? Sans doute Lancelot, avec sa tête d'ange chauve et ses yeux perçants (je m'étais soudain rappelé le blondinet exalté qui escaladait les barricades de l'été 44), n'avait-il pas résisté à la tentation d'évoquer devant quarante lycéens ce père

« connu » (je le voyais grimacer un sourire torve), dont on s'étonnait vraiment que le fils... Lancelot qui se souvenait de mes exploits de cancre. « Ton dilettantisme... », m'avait-il dit au coin de deux rues dans un rictus plein de dents dorées. Sans doute avait-il souligné ma « notoriété » de réticences et de soupirs. Je l'entendais ! Lucas s'était-il senti humilié à travers moi, ou d'être devenu le point de mire de la classe. « Tu portes heureusement le nom de n'importe qui », m'avait-il dit un jour. Je le sais fragile mais je ne comprends jamais la façon qu'a la vie de le blesser. Maintenant il me guettait, flamboyant.

— Je ne sais pas ce que Lancelot est allé raconter, ai-je commencé...

Puis j'ai décidé de prendre les choses autrement. « Je le connais depuis 1940 ou 41... Au lycée il était déjà... »

— Lancelot est un prof formidable.

Voilà, nous étions bloqués. Jamais je ne saurais ce que l'imbécile avait dit, ni sur quel ton, mais il avait froissé Lucas, il l'avait *singularisé :* à dix-huit ans cet affront ne se pardonne pas. Aux vacances précédentes, je l'avais appris par hasard, Lucas s'était fait appeler deux mois durant par le nom de sa mère. En Grèce, où il ne risquait guère qu'on connût le mien ! Aurais-je dû lui demander raison de cette façon enfantine de me gommer ? Je savais la réponse, mais aussi que Lucas n'aurait pas su me la donner. Et, à être tout à fait honnête, quand Lucas jetait ainsi du lest ne me sentais-je pas, moi, allégé ? J'étais à la fois le sable et le ballon. Mais ce n'était ni le lieu ni le moment de ces considérations. Je devinais chez le garçon ce frémissement de proche ébullition, cette envie d'exploser, cette colère sans cause et d'autant plus asphyxiante. Où trouver la générosité, la patience qu'il attendait de moi ?

Il est inutile de rapporter mot à mot chacune des répliques échangées ce soir-là dans la torpeur bruyante du Cadogan. Nous étions entourés de bourgeois que l'absence de bonne, le dimanche, condamnait au restaurant. Aux tables voisines on nous observait. Du moins l'ai-je cru. J'avais tellement l'air d'un époux divorcé, et Lucas d'un adolescent tiraillé entre des faiblesses rivales, que nous aurions pu servir d'illustration à ces enquêtes où excellent les magazines féminins. « Laisse-moi au métro », a dit Lucas. Mais je lui ai fourré cinquante francs dans la main et fait signe à un taxi.

Rien d'irrémédiable ne fut donc proféré entre nous au cours de cette scène assez semblable à d'autres, rien ne fut brisé. Quand je regagnai la rue de la Source j'étais pourtant à bout de force. De semaine en semaine, je le savais, mes réserves s'épuisaient. Je redoutais le moment où je céderais au vertige de rancune et de rancœur qui avait commencé de m'entraîner.

Je me déshabillai avant de relire une fois de plus les notes rédigées quatre ou cinq ans auparavant pour un débat comparable à celui qui m'attendait à B. J'y retrouvai de vieilles formules lisses, tièdes, prêtes à être enfilées comme autant de vêtements usagés, devenus trop larges, et qui risquaient de flotter autour de moi. Avais-je donc changé ? L'image de Lucas, les paroles jetées pendant le dîner, ces postillons de méchanceté, s'interposèrent encore plusieurs fois entre moi et les rengaines que je me remémorais. Puis elles s'estompèrent. Je répétai et fignolai mes « réponses spontanées » avec un zèle de bon élève. Lancelot ne se doutait pas des progrès que j'avais accomplis. Il continuait de croire à l'injustice du monde, et que les cancres finissent sous les projecteurs alors que les premiers de la classe végètent leur vie durant devant d'autres cancres, d'autres premiers, d'autres chahuteurs, jusqu'à la retraite et à la mort. « Laissez-moi travailler », ai-je supplié. Ma voix m'a réveillé. Je dormais donc ? J'ai éteint la lampe.

2

Le voyage

De la gare de l'Est, si gaie, même en hiver, dans sa lumière de serre, les hommes de mon passé, les hommes selon mon cœur partaient pour la guerre. Petit Lorrain en exil à Paris, mon enfance a baigné dans leurs songes héroïques. Mon père me prenait la main, s'arrêtait au milieu du hall et commentait pour moi, le menton levé, l'immense peinture suspendue sous la verrière. Les tons en étaient sourds, encharbonnés par les locomotives. Elle représentait le départ des soldats, ici même, en 1914. Ces futures veuves extasiées, ces wagons de bois haut perchés, mon enfance les connaissait encore.

La toile a disparu, retirée en 1940 j'imagine sur l'ordre des Allemands, et sans doute volée, ou brûlée dans quelque hangar détruit par les bombes, à moins, simplement, qu'on ne veuille plus offrir à la réflexion des voyageurs ces évocations belliqueuses.

Je ne m'en allais, moi, vers aucune guerre. Rien qu'une de ces batailles dérisoires, parlote et papier, dont nos carrières tirent gloire. Je portais en bandoulière, comme mes anciens leur musette, et avec le plus de désinvolture possible, le petit bagage trop lourd où le conférencier glisse toujours, outre sa trousse de toilette et son pyjama, quelques livres. Les gens de ma sorte s'usent le bras à coltiner, et les yeux à dévorer, leur éternelle lecture.

Aux fenêtres des voitures de seconde classe riaient des militaires aux cheveux ras, aux visages d'enfants. Mon père, en ces jours d'août 14 que célébrait la peinture disparue, leur ressemblait sans doute, à la moustache près. Mon père-enfant, mon père-cadavre, à jamais fixé dans l'âge et l'attitude de sa mort et à qui je pardonne mal d'avoir si tôt déserté, lui, le combattant, et de m'avoir laissé seul mener et perdre la longue guerre de ma vie.

Je m'étais promis, adolescent alangui par les femmes, de n'être jamais, moi, pour mon fils, un fantôme, un souvenir vague. La tendresse et la santé me garderaient auprès des miens, invulnérable, vigilant. Rien ne devait être plus simple que d'avoir un fils et de l'élever puisque j'avais tant rôdé, après sa mort, autour de l'ombre de mon père, tenté si ardemment de deviner l'empreinte en creux qu'il ne pouvait avoir manqué de laisser en moi. J'aimais l'expression : *élever* un fils. Je l'entendais au sens propre et je me voyais hissant à ma hauteur le petit garçon aux yeux graves, l'installant à mes côtés, en majesté. C'était ça, un fils : le Lucas de l'été 74, à Argentières, l'été de ses huit ans, à qui l'on me reprochait de parler comme à un adulte. « Tu le bassines, cet enfant, se lamentait Sabine, laisse-le jouer... » Je fourrais des livres dans le cartable de Lucas, sur son lit, pour le tenter, sur sa table ; j'enquêtais auprès des libraires afin de connaître les meilleurs albums pour la jeunesse ; j'avais même écrit un conte pour enfants où étaient mises en pratique mes théories et mes illusions. Lucas l'avait boudé. Lucas avait grandi. Lucas avait volé à tire-d'aile vers les branches où l'attendaient les serins de sa sorte. Mes discours sur le travail bien fait, mes croisades contre les friponneries apprises au lycée et qui peu à peu se déposaient sur lui comme une pellicule de crasse l'avaient de plus en plus embêté. Il s'était mis à lever les yeux au ciel, à siffloter. La tentation m'était vite venue — trop vite ? — de le laisser tomber, ce qui était exactement, vertu des mots, le contraire de l'élever. « Mais qui te crois-tu donc ? » me demandait Sabine. Il est vrai que toutes ces expressions qui me supposaient parvenu à une certaine altitude et contemplant de là mon garçon avaient de quoi irriter. « Il faut être fou de hauteur », lui répétais-je avec un demi-sourire. Mais ma citation favorite, j'ai toujours vénéré les mauvais maîtres, la laissait de glace. Elle haussait les épaules. Lucas aussi, maintenant, haussait les épaules et ce geste, contre lequel je m'étais insurgé en vain, où je voyais, mes jours de colère, toute la veulerie du monde, m'encourageait à rouler le fils et la mère dans la même farine de réprobation. Une réprobation qui bientôt me tint lieu de morale. Mon mariage s'y brisa, et j'y perdis l'amitié de Lucas. Amitié ? Le mot a maintenant goût de défaite.

Le wagon de première classe, comme dans tout train français, était plein de gens à réductions et à privilèges. Ils brandirent à l'approche du contrôleur des cartes multicolores, tout à l'ivresse de ne pas payer, ou de payer moins, ce qui donne du parfum à la vie. Mes voisins jetèrent un coup d'œil féroce sur mon billet à plein tarif et le préposé m'examina soupçonneusement. Je sortis des livres de ma valise avant d'aller la déposer au bout de la voiture, dans l'espace réservé aux bagages encombrants, espace inutilisé, les voyageurs français redoutant les voleurs. De la lecture ; maintenant de la confiance : les regards qui accompagnaient chacun de mes gestes s'assombrirent encore. Je fermai les yeux. Cette attitude pouvait me concilier des sympathies : sortir des livres, les poser devant soi et pioncer, voilà une incohérence qui rassurait : j'étais un farfelu. Il m'est passé par l'esprit qu'à B., le soir même, j'aurais devant moi deux cents humains de cette espèce-là et qu'il me faudrait les convaincre, ô merveille, d'acheter et de lire trois cents pages de ma prose. « Fraîche et joyeuse », comme on prétend qu'ils criaient, en 14, les voyageurs bleus de la gare de l'Est. A moins que ce ne fussent les Prussiens.

Je piquai une fleur dans le canon de mon

fusil, ouvris les yeux et feuilletai le premier volume qui me tomba sous la main — double initiative qui ruina illico les hypothèses de mes voisins. Mais je relevai bientôt la tête et me détournai vers le purgatoire aux jardinets givrés, aux poiriers squelettiques, que le train traversait d'une longue hâte indifférente. Que de laideur ! J'avais passé plusieurs années de mon enfance dans cette désolation, du temps que mon père, entre deux quintes de la toux attrapée sous les gaz de 1915, travaillé par la nostalgie de sa province et épuisé par Paris, nous avait installés par ici, ma mère et moi, dans un de ces pavillons, dans le plus triste de ces pavillons que je voyais défiler dans le gris du matin. Triste à en mourir. Il y était d'ailleurs mort peu d'années plus tard. Mais l'on pouvait y entendre, les jours de vent, siffler les trains en route, dans les tourbillons d'escarbilles, vers ces lieux enchanteurs que sont Verdun, les Vosges, leurs ossuaires, leurs trous d'obus.

Je ne résiste jamais à l'âcre plaisir de traverser le vieux pays. J'y retrouve mon enfance intacte, avec le parfum de la grange, le patois de ma grand-mère les bottes de luzerne que j'allais couper à la serpe pour les lapins. La lente agonie des banlieues m'est un avant-goût du passé. « Mieux vaut prendre le train, à cette saison, monsieur N., m'avait dit la Présidente du Cercle d'études françaises. L'aérodrome de B. est souvent fermé à cause du brouillard... » Cette prudence me valait d'être maintenant assis, endormi et impatient à la fois, malmené par mes souvenirs, dans l'odeur des premiers sandwiches extraits des sacs de voyage, le train donnant faim et le secouement des boggies étant inséparable, chez les gens à réductions, du fumet du saucisson et des bouteilles bues au goulot. L'eau de Vittel, signe des temps, a seulement remplacé les cannettes d'autrefois.

La population des voyageurs du chemin de fer est composée de cheminots, de magistrats, de dames altières qui vont en province assister leur fille près d'accoucher, de jeunes profs occupés à corriger des copies, de stagiaires blonds plongés dans des équations, d'officiers en civil, de veuves récentes et de permissionnaires. On voit aussi déambuler au long des couloirs et traverser la voiture des privilégiés, anonymes, transparents, des ouvriers immigrés. Les bonnes sœurs et les prêtres ont disparu vers la fin des années soixante. Les trains internationaux enrichissent cet échantillonnage d'Italiens aux chaussures brillantes.

Ce matin-là, je l'ai dit, la ligne desservant plusieurs villes de garnison, les militaires pullulaient, particulièrement mobiles. Maigres, en jeans et blousons, leur file indienne encombrait sans cesse le couloir central du wagon, quand ils allaient au bar ou en revenaient, parfois accompagnés de luronnes de leur âge à qui ils offraient des bières. Comme ils étaient beaux, eux ! Rieurs et beaux. Je me souvenais de la France des lendemains de la guerre, de ses garçons courtauds, de la bouche pincée des filles. Le monde avait changé, ou sinon le monde au moins nos sociétés, devenues plus simples, plus animales, et ce matin-là leur métamorphose me convenait. J'aimais les silhouettes, l'indécence voulue et innocente à la fois des corps serrés dans les vêtements étroits, l'insolence des visages aux yeux aveugles, aux yeux qui balayaient l'espace loin au-dessus des assis, des moroses. J'essayai plusieurs fois, en vain, de capter l'attention d'une fille, d'échanger avec un des garçons un sourire, mais sans doute n'avais-je l'air que d'un de ces raseurs, la plaie des voyages, anxieux de quêter une réplique, l'aumône d'un mot, car personne ne me prêta attention et bientôt je pris garde à voiler l'avidité de mes regards.

A deux ans près Lucas aurait pu se trouver parmi les nomades du couloir. N'avait-il pas leur allure, sans doute leur vocabulaire, leurs mots de passe, à des nuances près : les garçons du train, dans leur majorité, étaient plus anguleux que Lucas, plus dégourdis ; on leur sentait l'os, une dureté que je désespérais de voir mon fils acquérir. Et puis toujours ces nuances sociales, ces subtilités de caste auxquelles croient les gens de mon âge et qu'ils respectent. Lucas feint de n'y pas accorder d'importance alors qu'il en est le prisonnier autant que nous le fûmes.

« Je ne veux rien te devoir », m'avait-il jeté la veille au Cadogan. Il s'agissait de recommandations, de ce réseau d'amitiés tissé autour de moi, dont il prétend ne vouloir pas profiter alors qu'il en fut si souvent le bénéficiaire. « J'ai besoin de pouvoir me respecter », m'avait-il dit aussi. Les grands mots me suffoquent, et celui-là, aux résonances sublimes, me pompa l'air, pour parler comme Lucas quand il redevient naturel. Mais j'ai appris à reprendre mon souffle avec discrétion.

Pourquoi, me suis-je encore demandé, me défier chez Lucas des attitudes — ce nonchaloir et cette rudesse mêlés — que j'appréciais chez les adolescents du train ? Ce que j'aimais en eux, qui me troublait, n'était-ce pas, à peine accentués par deux ou trois années et par une expérience plus précoce de « la vie », les caractères dont l'inachevé, le convenu m'exaspèrent chez mon fils ? A moins que ma mauvaise foi ne fût plus manifeste encore : je me sentais, à y réfléchir, dans la peau d'un courailleur vieillissant qui s'émeut de trouver chez une donzelle les facilités et les appétits qui lui feraient horreur chez sa propre fille. A la maison, la vertu ! Ailleurs, un peu de feu me réchauffait. Cette *animalité* par exemple, que j'avais toujours saluée avec une liberté supé rieure, gourmande, en quelque sorte professionnelle, chez les inconnus, n'en flairais-je pas les odeurs avec dégoût chez Lucas, dont j'appelais « veulerie » l'insouciance ?

Je n'avais pas vu s'approcher ce grand garçon (j'appelle « garçon » tout ce qui a le menton rêche et moins de quarante ans), que je découvris quand il se pencha vers moi.

— Excusez-moi, me dit-il assez bas pour que madame Moi-Monsieur, assise en face, tendît inutilement l'oreille, depuis tout à l'heure je vous observe et il me semble vous reconnaître. N'êtes-vous pas... (il me dévisageait de très près, un sourire suppliant accroché entre les joues)... n'êtes-vous pas passé à la télévision récemment ?

J'agitai de haut en bas, plusieurs fois, non pas comme on approuve mais comme on hoche la tête avec accablement, un sourire que j'espérais moins niais que le sien. Madame Moi-Monsieur donna des signes d'agitation. Les gens qui vous ont vu à la télévision, je connais. Nous connaissons tous. Leur façon de nous humilier est nouvelle et redoutable.

— C'est possible, ai-je dit avec sobriété.

— Ah, j'en étais sûr ! Je le disais à mon père (coup de tête vers le fond de la voiture). Et votre métier... Cela a quelque chose à voir avec les livres, non ? C'est ça ? Ou avec la chanson...

— Plutôt les livres.

— Ah, vous voyez ! Je suis un passionné de livres, moi, vous savez, un grand lecteur... Je dévore tout... J'ai peut-être lu des trucs de vous si ça se trouve...

— Qu'aimez-vous lire ?

— Eh bien... Louvignac... Martin Gray... Chantal Romero ! Vous connaissez Chantal Romero ?

Oui, je connaissais Chantal Romero, et Louvignac, et bien d'autres gens, et bien d'autres choses. Je connaissais par exemple le péril que font peser, sur un littérateur assis et sans défense, ces ogres impérieux, insatiables, comme celui dont les dents brillaient de convoitise à vingt centimètres de mon visage. Lequel visage dut exprimer un peu de ma détresse car madame Moi-Monsieur me regarda avec compassion. L'amateur de Martin Gray et de Chantal Romero leva le siège. Il tenait à me « laisser travailler » mais il me promit une autre visite avant la fin du voyage. Son sourire s'était crispé, une sévérité inattendue assombrissait son visage. Il avait commencé de me haïr. Je l'ai dit : tout cela nous est familier.

Je rouvris un livre et feignis de m'y absorber. Quand j'en levais les yeux je devinais, au fond de la voiture, l'inconnu qui me toisait. Le respect humain m'empêchait de changer de place et de lui tourner le dos. Je tentai donc de me dissoudre dans le paysage, le vague, surpris moi-même de jouer avec tant de maladroite ostentation la comédie de me « perdre dans mes réflexions ». A ce jeu-là je savais, d'expérience, qu'on glisse vite au sommeil.

Depuis quelques années, je dors ma vie. J'en ai pris conscience depuis peu. Toute une mise en scène, et les commodités de la solitude permettent de sauver les apparences. J'ai la réputation d'être un nocturne, une sorte de hibou littéraire qui « travaille » à des heures impossibles. Dès lors, rien de plus naturel que de récupérer durant le jour les forces dilapidées la nuit. C'est ainsi que je suis devenu très officiellement un adepte de la sieste. « Ne fais pas de bruit, ton père dort », disait autrefois Sabine à Lucas dans ces heures de grand soleil où un petit garçon comprend mal que roupille un adulte. « Il est malade ? » « Non, il a beaucoup travaillé. »

L'équation Travail égale Maladie, ou Travail

égale Sommeil, du moins en ce qui concernait son père, s'installa dès lors dans la tête de Lucas, où elle causa les dommages qu'on imagine. Il comprit vite, avec l'intuition maligne de son âge, qu'il avait barre sur moi en abordant ce sujet à mauvais escient. Devant des étrangers, par exemple. Ou, avec une perfide douceur, dans les moments où je m'apprêtais à faire de la morale. Ne m'avait-il pas interpellé ainsi la veille, à peine la porte refermée, quand il était arrivé à l'improviste ? La question : « Ah, tu travaillais ? » équivaut, selon le code de nos cruautés mouchetées, à la constatation : « Tiens, tu dormais encore... » L'oser d'entrée de jeu condamnait sa visite à se dérouler mal et à l'échec, Lucas le savait. Au moins jouait-il ainsi le coup sur son terrain.

J'en suis venu, l'expérience aidant, à envier les bureaucrates dont les misérables démêlés avec le travail se déroulent loin de la curiosité familiale, à l'abri d'une porte (du moins est-ce ainsi que je vois les choses, vision peut-être courtelinesque...) et gardent un certain prestige. Ou les Anglais, réputés dormir à leur club derrière un journal. Ou les représentants de commerce qui se noircissent au fond d'estaminets ombreux le long des routes. Etaler aux yeux d'une compagne, d'enfants, toutes les trivialités, les mesquineries, les tâtonnements du labeur censé être parmi les plus nobles, quelle faiblesse ! Lucas, dès ses douze ans, eut moins de considération pour moi qu'il n'en eût manifesté si j'avais exercé un métier *ordinaire*. Il eut vite honte d'avouer pour père ce bourgeois, mais marginal, qui enchérissait d'ailleurs sur ses différences et se livrait à mille singeries destinées, eût-on dit, à discréditer davantage encore une activité déjà fantomatique. J'aurais dû, sachant tout cela, devant Lancelot, nier être le père de son khâgneux : on ne répudie jamais ses fils au bon moment.

L'euphorie du réveil, qui sans doute n'est que l'étonnement de n'être pas mort, est en général de courte durée. A peine s'est-on réjoui qu'une inquiétude perce, le souvenir vague d'un désastre, la prescience d'une défaite. Elle affleure, on la sent, telle une grosseur inquiétante sous le doigt. Soudain la conscience revient et le jour en sera gâché.

J'ouvris les yeux quand le train s'arrêta à Bar-le-Duc. Tout de suite l'angoisse fut là, derrière le film des sensations brouillées de sommeil. Où avais-je mal ? Des visages passèrent, des voix retentissaient, indiscrètes. « Ah, tu travaillais... » Et je frissonnai. Le froid. Jamais Lucas ne saura — et s'il soupçonnait un froissement, une rancune, jamais il n'imaginerait cette subite glaciation, ce vide, qui m'ont saisi tandis qu'il me parlait — jamais Lucas ne pourra concevoir, mesurer son pouvoir de me blesser. Plusieurs fois, ces derniers mois, ses coups ont atteint le noir de la cible, le noir du cœur. Plusieurs fois la chape est tombée sur moi, a tari mes paroles, paralysé les muscles de mon visage, et en même temps se répandait en moi une espèce d'après-moi-le-déluge. Plusieurs fois j'ai déposé les armes. « Je ne prendrai jamais les armes contre toi... » Pourquoi ne pas le lui avoir dit ? Trop pathétique. Trop drapé. Je lui ai toujours fait l'honneur de croire que la sobriété convenait à nos rapports. Je ne prendrai pas les armes mais la fuite, les jambes à mon cou. Je prendrai froid, je prendrai silence, je *prendrai* — comme du béton. En dix mots Lucas fait de moi un poids mort et lourd, de quoi couler, à la rivière, n'importe quel humain jusqu'à la vase du fond. Adieu l'ami ! Le froid. Je voyais devant moi le visage de Lucas, méconnaissable, comme convulsé de calme, de l'étrange satisfaction de faire mal, et je me répétais, incrédule : « Mais pourquoi ? Pourquoi ? » Ou encore : « Ne pas riposter, ne rien répondre. Ne pas puiser dans mon arsenal de mots, tellement plus redoutable et foisonnant que le sien. » Autour de nous le bruit du Cadogan tourbillonnait. En moi silence et froid. Lucas me regardait comme s'il avait eu affaire, soudain, à un muet, à un débile. Idiotie : l'apparence de mon amour.

Je secouai la tête dans un geste de dénégation que je me surprends à répéter chaque fois qu'il me faut écarter une pensée insupportable : maladie, humiliation. Le visage goguenard ou fermé de Lucas s'interposait entre mes vis-à-vis et moi. La blessure saignait doucement. « Je ne veux rien te devoir. » Cruels, les mots ne l'étaient-ils pas moins que le ton sur lequel ils avaient été prononcés ? N'avais-je pas la carapace bien fragile ? Je me répétai, méthode éprouvée, qu'une ou deux semaines émousseraient, comme toujours, la pointe où je m'étais blessé ; que j'allais digérer la couleuvre comme j'en avais digéré tant depuis que la paternité les avait mises à mon menu ; que j'oublierais jusqu'au souvenir de la soirée de la veille. Peine perdue. Peine cruelle mais perdue. Elle me vrillait la mémoire et ne servait à rien.

« Papa ? Il met les pouces... » Sabine m'avait rapporté ce propos de notre fils un jour où elle m'exhortait à la résistance. (« Si tu ne manifestes pas ton autorité, évidemment... ») Non, je ne la manifestais pas. D'abord parce que je n'en possède guère ; ensuite parce que j'aurais trop peur, en faisant un usage abusif, de pousser Lucas à ces paroles extrêmes, inexpiables, qu'il brûle de me jeter et que je me suis juré de ne pas entendre. Mais on ne peut pas se faire sourd à volonté. Mieux valent les comédies, le silence. Oui, je mets les pouces. Mais je ne réussis jamais à oublier. La soirée de la veille rejoignait déjà dans le dossier Lucas les innombrables pièces archivées depuis quatre ou cinq années. Ce sont là les mots — comédie, dossier — qui flottaient en moi dans cette vacuité hargneuse où me maintenait le voyage. Ils m'apaisaient mieux que la tendresse. Je suis ainsi fait, le métier le veut, que je ne peux pas m'empêcher de formuler les pensées les plus incertaines, celles que la sagesse conseillerait de laisser s'effilocher, mourir. Moi je les martèle, je les cisèle. Les sentiments qu'elles traquaient s'y font prendre et gagnent une réalité irrécusable. Où est l'amour là-dedans ? Car ce mot-là, lui aussi, errait dans ma rumination, qu'on ne s'y trompe pas.

Toutes les fois que je cherche à exprimer les déceptions que m'impose Lucas, leur violence me choque. En sommes-nous là ? Et comment y avons-nous glissé ? A quel moment ai-je cessé de manifester à Lucas mon affection ? Quels gestes ai-je cessé d'oser, ou s'est-il mis à repousser, qui durant son enfance scellaient notre entente et me comblaient de joie ? Pourquoi nos silences, que je rêvais vibrants de choses tues, de complicités banales et ineffables, se sont-ils mués en hostilité ? Je suis sûr que ni Lucas ni moi ne sommes coupables. Coupables de quoi ? Seule la nature l'est, qui altère les adolescents, les soumet à des tensions excessives, les rend perméables aux cochonneries de l'époque — chaque époque a les siennes — et dans le même temps vieillit leurs pères, les sclérose, les crispe dans des principes, les affronte à des détresses imprévisibles. « Je suis un vieil homme », ai-je parfois envie de dire à Lucas. Il me semble que l'énormité de l'aveu provoquerait un choc et me faciliterait les explications ultérieures. Mais je me trompe : le mot paraîtrait juste à Lucas, et naturel. Il doit me trouver plutôt blet s'il me compare aux pères de ses copains. Notre tendresse a manqué de plongeons, de courses. « Savez-vous que mon fils me bat au tennis ! » proclament fièrement les messieurs. Ils ont tort de s'en réjouir. Leur défaite en présage d'autres, autrement douloureuses. « En somme, je suis un enfant de vieux », a constaté un jour Lucas en souriant. Ce jour-là il portait son visage d'ange malicieux, qui m'émerveille. « Oui, lui ai-je répondu, et cela se voit : tu es malingre, chafouin et pusillanime... » — « Hou là là ! Passe-moi le dictionnaire ! »

C'était une de nos oasis de bonheur.

La neige couvrait maintenant les campagnes que nous traversions. Un soleil froid, bas sur l'horizon, leur prêtait une joie mensongère. Il s'agissait en vérité de rudes plateaux, aux routes luisantes de glace. On y apercevait un instant un chien solitaire, des écoliers, des fermes aux vastes toits. L'ordre ancien des choses. Ces mots me traversèrent l'esprit : *l'ordre ancien des choses.* Sa nostalgie, qui me hante, n'est pas absente de l'embarras où m'enferme Lucas. Une certaine image de l'enfance, celle, paradoxalement, que j'approuvais les jeunes gens du train d'avoir répudiée, à laquelle j'avais enragé autrefois de me conformer, me fait trouver inacceptable le petit personnage qu'est devenu mon fils. Les autres, oui, je les accepte tels — mais Lucas, non. J'attendais de lui davantage, une qualité de jeunesse plus subtile, une connivence avec moi comme on en raconte dans les livres — mieux : dans les films. « Un roman, c'est un voyage. » Belle formule, et sûrement juste, même si elle explique trop bien que je sois si peu romancier, mais je lui préfère cette autre, trouvée dans un essai sur le cinéma américain : « Les plus beaux films mettent en scène deux hommes et une histoire d'amitié. » Comme j'ai rêvé sur ces quelques mots ! La définition flatte mieux que l'autre mes instincts puisque je suis casanier. En revanche je crois avoir été un bon ami. J'ai des souvenirs d'amitié comme d'autres, des souvenirs de passion. Un jour est venu où, par ma faute, mes plus vieux liens se sont distendus. Rompus ? Non, jamais. Il me suffisait de provoquer une rencontre, de retrouver une voix, un visage, pour reconstituer *l'ordre ancien des choses.* J'avais espéré, quand Lucas avait commencé de grandir, l'introduire dans cette chevalerie. Je n'hésitais pas à user de ce mot-là dans le secret de mes projets. Au fond, l'élimination de Sabine était peut-être décidée, en moi, depuis longtemps, du moins acceptée. Lucas ne serait pas, comme je l'avais été, l'enfant des femmes. Lucas croirait aux silences éloquents, à la guerre, aux marches en forêt, aux grandes fêtes braillardes, aux confidences retenues et d'autant mieux devinées.

Mais comment Lucas, à qui je ne connaissais pas d'amis, eût-il appris l'amitié ?

Je l'ai vu après mon divorce s'enfoncer dans cette touffeur que j'accusais Sabine d'entretenir autour de lui. Ah je redoutais cela ! N'avais-je pas connu une enfance couvée par les femmes, n'avais-je pas été *attendri* par elles comme l'est, par un procédé que j'ignore, une viande trop fraîche, étranglé de conseils, mutilé ? Comment aurais-je pu deviner que Lucas, libéré de cette quiétude de pavillon de banlieue qu'est toujours plus ou moins un foyer, au lieu de se risquer à l'air libre, de se tourner vers moi, se blottirait sous tout ce que je déteste ? Je reconnais entre cent les fils des femmes. On les voit marcher dans la rue à côté d'une quadragénaire à la bouche amère, au pas de qui ils règlent le leur, un peu trop propres, avec sur le visage ce flou de blondeur et de sournoiserie que donnent aux garçons les rancœurs partagées. Une mère qui *se confie* à son fils le corrompt. Il ne guérira jamais des cachotteries dans quoi on l'aura roulé. Quand Lucas avait treize ou quatorze ans je flairais sur lui, à peine arrivait-il rue de la Source, ces parfums de linge et de confidence que je me jurais de dissiper. Je le rudoyais, le provoquais au rire, à l'excès, à toutes les bonnes grossièretés de la vie. Mais de mois en mois je le sentis se replier, résister à mes sollicitations, bientôt les juger incongrues et me le faire savoir de toute la force de ses silences.

Le train arrivait à Metz. Le lecteur de Martin Gray et de Chantal Romero, à l'extrémité du wagon, se leva, prit sa valise dans le filet et piétina vers la porte en prenant soin de ne pas croiser mon regard. Madame Moi-Monsieur ronflotait, bouche béante, mais sa main serrait convulsivement sur ses cuisses les cinq ou six magazines dont elle s'était pourvue. Je la comprenais. J'aime qu'on ne s'embarque pas sans biscuit. Je sortis de ma poche, une fois de plus, les feuillets de notes que j'y avais glissés. Ce pense-bête effrangé, chiffonné, m'entraîna à rêver, c'est-à-dire, on ne s'en étonnera plus désormais, à dormir.

3

Les dragées bleues

« Vous n'aurez que la place de la Gare à traverser », m'avait dit, soulagée, la Présidente. J'étais parvenu à grand-peine à la convaincre de ne pas venir m'attendre à la descente du train. Bien entendu, madame Grosser, qui est à B. une personne considérable, n'avait pas plus envie de se déranger pour m'accueillir que je n'avais, moi, envie d'être salué par une inconnue, au milieu de l'après-midi, au bout d'un quai.

J'aime les gares de ce pays. On y voit moins qu'ailleurs de ces êtres exténués et suspects que les villes agglutinent dans les lieux de passage, les souterrains. Quand tombent la nuit et la brume, des jeunes filles s'y hâtent, les joues rouges, la peau colorée d'un reste de hâle qui ne les quittera pas de l'hiver, ravivé chaque dimanche à la neige. Au voyageur pressé cette propreté, cette santé peuvent paraître décourageantes. Mais un peu plus d'attention révèle vite des mutismes, des regards courts et gris, une qualité froide de certitude ou d'angoisse, tous les soucis des vies aux horizons étroits. La fête du soir ne serait pas des plus commodes.

Au lieu de m'enquérir tout de suite du Rheinischer Hof, où ma chambre était retenue, je longeai une galerie aux parois de faïence blanche, m'approchai d'un comptoir et y bus un café au coude à coude avec des consommateurs silencieux. Je calculai qu'un second café, que je pourrais faire monter dans ma chambre une heure plus tard, finirait de dissiper la torpeur où m'avaient plongé les rêvasseries du train. Hélas, cette boisson surabondante où je me brûlais les lèvres ne possédait sûrement pas les vertus qu'on lui prête d'ordinaire. Je me rappelai avec nostalgie telle tournée de conférences en Italie où il suffisait, une demi-heure avant de prendre la parole, de boire un *espresso* dans n'importe quel bar pour que fleurisse, le moment venu, l'éloquence. Ce soir il me faudrait recourir à de plus grands moyens.

L'hôtel avait belle apparence. Je sentis le talent me revenir. Les chambres médiocres, le manque d'égards, l'affreuse « fortune du pot » rendent plus éprouvantes les séances comme celle qui m'attendait. On m'accompagna jusqu'à un appartement silencieux, surchauffé, ou je trouvai un message de la Présidente. Elle me souhaitait la bienvenue et passerait me chercher quelques minutes avant sept heures. Mon « programme » comportait un cocktail à sept heures, le débat à huit et un souper ensuite, « quand nos amis auront eu le temps de mieux vous connaître ». « C'est notre secrétaire générale, madame Lapeyrat, qui vous recevra, ajoutait madame Grosser, des travaux dans notre maison me privant de la joie d'organiser chez nous le souper. »

On m'avait vanté la maison des Grosser, un hôtel patricien de la vieille ville aux murs couverts de peintures romantiques et symbolistes. La perspective d'être relégué chez cette madame Lapeyrat, au nom dangereusement français, atténua l'excellent effet produit par la chambre du Rheinischer Hof. Comme tous les voyages de ce genre mon bref séjour à B. tournait déjà à la quête aux flatteries. Le dépaysement rend les littérateurs avides de considération. Ils feignent de préférer à tout la discrétion, la bonne franquette alors qu'ils se dessèchent dans l'espoir des courbettes. Les présente-t-on, avant de leur donner la parole, avec une discrétion de bon ton, que la voix leur manque : la flagornerie seule les met en confiance. Je ne fais pas exception à la règle.

La pensée de Lucas, et de ses réactions s'il avait eu loisir de vivre chaque épisode de la soirée qui se préparait, me traversa bien l'esprit, mais elle était trop dérangeante à ce moment de la journée pour n'être pas chassée. Elle le fut donc, et je retournai à mes susceptibilités avec la satisfaction d'un homme qui, à l'abri d'une porte fermée, se gratte, relâche son ventre, marche en chaussettes.

Il était quatre heures et le crépuscule tombait. Les doubles fenêtres assourdissaient les bruits de la ville où déjà les lumières s'allumaient. Je vis un ballet de trolleybus, la géométrie des « voies de présélection » peintes sur l'asphalte, des piétons aux cols relevés. Sortir ? Rien ne m'y encourageait. A rester dans la chambre je risquais, certes, les appels importuns. J'éprouve toujours, lorsque je dois apparaître en public afin de m'y livrer à l'une de ces exhibitions dont nos vies sont ponctuées, le besoin de m'économiser pendant les quelques heures qui la précèdent. Dans ces moments-là toute conversation ressemble à une déchirure par où fuient, mot à mot, les idées mouvantes qui tournent en moi. Il me faut rester seul et me taire.

Je me penchai une nouvelle fois sur la place de la Gare que sillonnaient les voitures avec une vélocité surprenante pour une ville réputée si calme. Les rues qui entourent l'hôtel devaient abonder en banques, marchands de fourrures et de cigares, et les vitrines y regorger de rasoirs électriques. La place occupée, dans le monde tel qu'il apparaissait à travers les rues de B., par les subtilités de la chimie romanesque et de l'aveu autobiographique, que je m'apprêtais à détailler quatre heures plus tard, ne me parut ni évidente ni considérable. De l'étage élevé où était située ma chambre je pouvais voir la dégringolade des toits vers le lac — ce trou noir —, les publicités lumineuses et, au loin, le pointillé des lampadaires au long des avenues qui filaient vers les banlieues de B. Une ville ! Où se trouvaientelles, les deux ou trois cents personnes dont on m'avait garanti la présence ? Dans quelles maisons de quels quartiers se cachaient-elles ? Affronteraient-elles le froid rêche de janvier pour venir m'écouter discourir sur mes démêlés avec l'encre et le papier ? L'hypothèse était cocasse. Les banques fortifiées de marbre, les voitures rapides, les visages lisses, jusqu'à cette chambre : là était *la vraie vie*. L'autre, à laquelle mes livres, mes notes, mes angoisses, ma volonté s'efforçaient de donner épaisseur, n'avait plus d'existence que pour quelques songe-creux dans mon genre, profs, vieilles filles, adolescents, femmes riches et comblées qui s'occupent de nos âmes et de nos mots entre deux charités ou deux vanités. Même les misères que m'imposait Lucas, aussi chimériques qu'elles fussent, avaient davantage de réalité que mes cocottes en papier. La montagne, ce soir, accoucherait d'une souris. Pourquoi ne pas prendre les devants, avouer, donner à mes propos, au détour d'une question propice, un ton de subite intimité, aborder aux rives banales que personne ne s'attendait à me voir fréquenter ? « Moi aussi, pourrais-je leur dire, j'ai laissé à la maison un gamin incertain et féroce que je ne sais *par quel bout prendre.* Ces paradoxes que vous m'écoutez distiller avec une méfiance bien légitime ne me serviront de rien, demain, quand j'en serai à parer ses coups, à chercher une parole capable de l'émouvoir. Si vous saviez comme nous nous ressemblons ! Vous paradez dans vos bureaux, vos comités, vos conseils, vos avions ; je feins de croire aux compliments que vous me décernerez tout à l'heure, un verre à la main et les yeux vagues ; mais nous sommes les uns et les autres aussi fragiles. Moi, il est vrai, cette fragilité, j'en fais métier. Je tire prose et profit de mes malaises, de mes échecs. C'est même la raison principale qui me rend suspect à vos yeux : vous n'appréciez guère ces marchandages d'ombres et de hontes à quoi vous paraît se réduire ma littérature. Vous croyez, vous, aux fresques, aux brasiers, et que le soleil finit toujours par se lever sur les terres dévastées. Vous voudriez les artistes — un de vos mots ! — inaccessibles aux misères ordinaires. Des gueux, des princes, des brigands, tolérables au même titre que les indigènes qui donnent de l'exotisme à vos croisières ou que la familiarité des moniteurs de ski. Quelle surprise — quelle mauvaise surprise — si nous évoquons ces blessures que vous êtes passés maîtres, vous, dans l'art de dissimuler. Quoi ! nous sommes donc assujettis aux servitudes communes ?... Vous vous bouchez le nez. »

Le téléphone a sonné.

Une voix nasillarde mais impérieuse, étonnamment proche, a demandé si c'était bien la chambre 604, si l'on s'adressait bien à monsieur N. ? En personne ? Au troisième « oui » j'étais prêt à mordre. Suivit un monologue maniéré derrière lequel, dès ses premières circonlocutions, j'avais repéré la démarche d'un raseur, et probablement d'un raseur à manuscrits. Il devait en porter deux ou trois dans sa besace, que je le sentais résolu à me refiler. J'ai donc déployé les esquives classiques destinées à décourager les raseurs. La voix est aussitôt devenue solennelle. On me jugeait. Sans doute croyais-je avoir affaire à un auteur de balivernes ? De la fesse ?... De la politique ?... Je me trompais bien ! Les ouvrages dont il était question, entièrement inspirés de l'au-delà par de chers morts, balayaient de leur authenticité la production courante à laquelle sans doute je consacrais tous mes soins. Connaissais-je Pierre de Fermat ? Evariste Galois ? Et Charles Dodgson ? Ce dernier avait dicté à mon interlocuteur une version nouvelle de sa *Curiosa Mathematica*, œuvre qui sans nul doute m'était familière, au terme de laquelle il fournissait, en langage symbolique et codé, des révélations sur plusieurs crimes inexpliqués, innocentant en particulier Jack l'Eventreur, le duc de Choiseul-Praslin et plusieurs parricides anglo-saxons. Libre à moi...

J'ai senti de la sueur couler au creux de mon dos. Pourvu que le fou ne me téléphonât pas du hall de l'hôtel ! « Il me semble que Choiseul avait avoué », ai-je dit étourdiment. Un rire sardonique m'a fait frissonner. La voix s'est enrhumée encore davantage... Oui, libre à moi de me complaire dans les interprétations passionnelles, les exploits sexuels, les violences sadiques. Libre à moi de me vautrer dans la boue de l'instinct. On m'offrait de hautes spéculations, les secrets de la survie, les miracles de l'écriture médiumnique, alors tant pis pour moi si je tenais à rester sourd à...

Le mot « sourd » m'a libéré. Au lieu de me contenter d'éloigner le récepteur de mon oreille j'ai pesé du doigt sur la fourche de l'appareil et coupé la communication. Quand j'ai relevé le doigt j'ai entendu un grésillement, puis la voix de la standardiste. « Vous ne me passez plus aucune communication, ai-je demandé, sous aucun prétexte. »

Un moment j'ai craint je ne sais quelle surprise : une nouvelle sonnerie, des coups frappés à la porte. Ils sont capables de tout. Un homme en qui sa prose fermente est capable de tout. Les minutes passant, je me suis apaisé. Mais je restais troublé. Ou plutôt : trouble. Comme, dans un flacon qu'on a secoué, un liquide où flotte sa lie. La soirée s'annonçait mal. Les raseurs dispensent un ennui froid et sans conséquences. Les fous, au contraire, m'enfièvrent. Je comprenais que l'Orient les respecte. Notre métier n'est-il pas, ainsi considéré, une espèce d'Orient ? Nous aussi avons appris à traiter avec considération les insensés qui jouent leur destin sur des mots. Quelle différence entre n'importe lequel d'entre nous et le fou à qui Lewis Carroll dictait ses révélations d'outre-tombe ? (Encore heureux qu'il ne se fût pas accusé, pauvre Dodgson, d'être l'Eventreur lui-même ; l'hypothèse était pourtant séduisante...) Et même, simplifions : entre mon interlocuteur et moi, quelle différence ? J'en voyais une seule : ce droit que j'avais su, moi, conquérir (ou mériter ?) d'être reçu en pompe et dignité à raison même de mes chimères. Ces chimères qui chez l'inconnu faisaient rire ou peur. Enragé ? Pas plus que moi dans mes meilleurs jours. N'allais-je pas en manquer, de rage, ce soir-là, et de folie ? Mon interlocuteur — peut-être cet homme engoncé dans un manteau que je verrais tripoter le fermoir du porte-documents posé sur ses genoux comme s'il y cachait une arme, assis là, à quelques mètres de moi et qui ne me quitterait pas des yeux — me jugerait accablant de platitude, de raison. Et le poison coulerait dans mes mots. Ses yeux ! Je fuirais le regard fiévreux mais reviendrais malgré moi m'y brûler. J'entendrais ma voix se fausser. Mes paroles cavalcaderaient loin devant moi, échappées, abstraites... Ah, j'avais déjà vécu tout cela !

Pourquoi l'homme avait-il parlé de parricides ? Un de ces mots abrupts et sanglants qui ne hantent pas les conversations ordinaires. Quel signe était-il chargé de me transmettre ?

D'où tombait la voix chevrotante, autoritaire, qu'il m'avait semblé reconnaître ?

Je suis allé ouvrir la fenêtre. La chambre était étouffante. Je me suis aventuré sur le balcon et accoudé entre le N et le premier I de « Rheinischer », qui vibraient dans la nuit d'une stridence électrique. Le halo des grandes lettres lumineuses troublait maintenant le paysage nocturne de la ville. Il faisait très froid. Je suis rentré dans la chambre et, sur le cadran du téléphone, j'ai composé avec un soin de chirurgien les treize chiffres au bout desquels la voix de Lucas allait me permettre de recoller à la réalité. N'avais-je pas depuis ce matin envie de l'appeler ? N'attendais-je pas ce moment de la fin de l'après-midi où je savais le trouver chez Sabine, occupé sans doute à lire un journal, affalé sur la table de la cuisine, la porte béante du réfrigérateur diffusant un peu de lumière fausse ?

La sonnerie a retenti longtemps, huit, neuf, dix fois. Je compte toujours les sonneries du téléphone. J'ai pour règle de raccrocher après la septième. Ni impatient, ni insistant. De bons usages. N'obtenant pas de réponse je suis allé visiter le mini-bar. J'y ai trouvé un whisky selon mon goût et l'ai versé sur des glaçons. A la réflexion, et malgré les réticences que levait en moi cet excès, j'ai ouvert la seconde bouteille — les bouteilles dans les mini-bars vont par deux, comme les gendarmes et les nonnes — et le verre a pris meilleure apparence. J'ai composé une seconde fois le numéro de Sabine. (Je ne parviens pas à dire « le numéro de Lucas ».) Presque tout de suite on a décroché. Une voix d'homme. Mon élan s'en est trouvé coupé. « Lucas, ai-je dit. Lucas est là ? » La voix a répondu : « Non, qui le demande ? » L'expression m'a paru cérémonieuse pour un polisson du style de Lucas. Eût-il été là que déjà ma voix était mauvaise... A quoi tient la passion. « Son père », ai-je grogné, morose, avant de raccrocher. Vite, trop vite. Il y a peu d'années que j'ose être impoli au téléphone, faire le muet, l'anonyme, ricaner, raccrocher avant les salamalecs, — toutes attitudes que j'ai longtemps considérées comme autant de mufleries. Je n'en suis plus à ces dentelles.

Il était six heures. La Présidente se ferait annoncer dans quarante-cinq minutes. Pendant que coulait un bain j'ai sorti de ma trousse de toilette la boîte aux dragées bleues et me suis livré à un calcul minutieux. Les dragées bleues (ainsi désignées par moi sans référence particulière au baptême des garçons — pas trop de symboles ! — mais parce que cette couleur froide ne me paraît pas convenir à leur action euphorisante) commencent à agir en une heure. Leur effet culmine au bout d'une heure et demie, dure encore, atténué, une quarantaine de minutes et décroît rapidement, entraînant même une somnolence, parfois un embarras d'élocution. Il convenait donc, pour me sentir en sécurité ce soir où plusieurs secousses m'avaient ébranlé, d'absorber deux dragées bleues à six heures et demie, qui me donneraient de la verve au cocktail, l'œil de velours, le geste rond, et me permettraient d'ouvrir le débat sans appréhension. Mais cette béatitude serait précaire, à la merci d'un bafouillage, d'une question perfide, et la sagesse me conseillait de glisser une plaquette de dragées dans la poche de ma veste où, le moment venu, vers huit heures et demie, j'en ferais sauter de l'emballage une ou deux que j'avalerais discrètement grâce au traditionnel verre d'eau du conférencier

Certes, l'effet des dragées bleues est plus spectaculaire et sûr quand on les absorbe avec une tasse de café brûlant. L'eau fraîche exalte moins leurs vertus. Quant à l'alcool, dont je venais de poser un verre à côté de la baignoire, il pouvait réserver les meilleures comme les pires surprises. Il pouvait emballer la machine ou l'assoupir. Quelles que fussent les indications premières des dragées bleues — analgésiques ? réductrices d'appétit ? — leur fabricant n'avait jamais recommandé qu'on les prît avec du whisky. Mais le risquer faisait partie de ma morale. Si je n'avais pas ouvert ainsi la voie à certaine anarchie j'aurais eu l'impression de m'abandonner passivement à la chimie, alors que le charme des dragées bleues, par lequel elles exercent sur moi un si puissant empire, est aussi de mériter ce beau nom de *speed*, vitesse, que leur donnent, et à leurs semblables, les Anglo-Saxons. Il y a beau temps — manuscrits-tortues, promenades languissantes — que je ne m'abandonne plus à aucune griserie de vitesse. Celle que le mélange de l'alcool et des dragées bleues, dans la meilleure des hypothèses, me promettait, était donc bonne à prendre, mon monologue dût-il, en fin de parcours, s'ensabler, ou déraper et quitter la route bien jalonnée des « Grandes Conférences » du Cercle d'études françaises.

Il est illusoire de vouloir bénéficier, sans attirer l'attention, des accélérations que dispensent les dragées bleues. On peut les avaler au creux de sa main, comme je comptais le faire, dans un simulacre de toux, mais on ne peut guère espérer que les exploits verbaux et l'aisance écrasante dont on donnera le spectacle passent pour la manifestation de talents ordinaires. Si les doses et le rythme des prises ont été judicieusement calculés, un moment vient où l'on ne touche plus terre. Travaille-t-on, cette lévitation peut rester inaperçue. Un labeur intense, acharné, éponge le flot de vitalité que libèrent les dragées bleues. Mais il ne faut pas lever le nez de sa feuille : on serait aussitôt emporté comme fétu et jeté aux délices trompeuses du monologue ; on interpellerait des inconnus ; on entreprendrait des tâches démesurées. Je n'ai jamais pu savoir si des auditeurs comme ceux qui m'attendaient à B. percevaient ou non l'état dans lequel je me présentais à eux. Mes interlocuteurs, dans les tête-à-tête fugaces du cocktail, mettraient mes yeux brillants, ma force de conviction, la précision de mon vocabulaire sur le compte d'une riche nature ou d'un léger excès d'alcool. Ennuyés (mais je n'aurais pas conscience de leur ennui), ils battraient en retraite. Moi, parcouru d'un fourmillement d'impatience, le sang fluide et chaud jusqu'en mes plus secrets vaisseaux, je m'impatienterais. Pourquoi ne commençait-on pas ? Qu'attendait-on ? Il me semblerait dilapider dans la menue monnaie du bavardage un trésor que ma munificence était résolue à partager entre tous.

J'avais parfois, dans cet état, blessé des femmes. A commencer par Sabine, qui avait vécu à mes côtés à une époque où je n'attendais pas les nécessités exceptionnelles d'une prouesse publique à réussir pour avoir recours aux dragées bleues, lesquelles étaient devenues des assurances contre la léthargie ou l'ennui. J'en prenais à tout bout de champ. Je devenais ensuite agressif, vétilleux et je me comportais dans la plus banale conversation comme fait un chien avec la savate ou la poupée dont il s'est emparé : quand j'avais planté mes crocs, je ne lâchais plus. Seul Lucas, à grand-peine, avait été tenu à l'écart de ces trépignements de diva en quoi finissaient tant de mes discussions de ce temps-là avec sa mère. Il ne s'était jamais douté de rien. Du moins est-ce la certitude qu'il m'est commode d'entretenir. Peut-être me trompé-je du tout, en cela comme dans le reste.

J'étais prêt, maintenant. Déjà un peu de ce picotement de hâte que je guettais me venait aux doigts, à la langue. Mes gestes étaient courts et vifs. J'avais envie de découvrir des lieux, des visages nouveaux et de les affronter, avec autant de résolution que deux heures auparavant j'avais voulu rester seul et m'acagnarder. J'avais plié dans une de mes poches les fameuses notes lues et relues dix fois. Je les en sortis et les abandonnai sur la table. Pas de béquilles ! Quand le téléphone sonna — « Frau Grosser vous attend au *lobby*... » — je me vis dans le miroir de l'armoire : j'étais au garde-à-vous. Je bus la dernière gorgée d'alcool et sortis.

La Présidente, sa Mercedes couleur d'acier, son chauffeur, son regard inquisiteur, sa gorge palpitante : tout était selon mes vœux. « Connaissez-vous B. ? me demanda-t-elle. Vous y êtes attendu avec impatience... »

4

Les gens

Le grand jeu est commencé. Jamais je ne me juge à la hauteur de la situation. Je ne suis pas assez grave, ni assez gris, ni assez humaniste. Je ne suis pas un grand esprit. La Mercedes de madame Grosser est habituée à véhiculer de grands esprits : des Scientifiques, des Allemands, un lauréat du Prix Erasme, des Dissidents, un poète grec. Où est la France, là-dedans ? « Nous avons dû diversifier nos cycles de conférences, soupire la Présidente, notre public... » Les rues de B., confuses, de plus en plus sombres, défilent. J'entrevois des parcs, des plaques de neige. Qui se risquerait à sortir à cette heure dans les quartiers déserts où nous nous enfonçons ?

« La culture française... » Aux points de suspension, et au silence où ils flottent une seconde avant de s'y dissoudre, je devine une courtoise commisération. La Mercedes ne croit plus en la culture française. J'abonde. Trop, peut-être, mon défaitisme doit paraître suspect. Aussi hoché-je la tête quand on me vante le professeur X., et le professeur Y., de grands Humanistes, eux, qui sont venus et dont « notre public » raffole. La médecine, forcément, et cette appellation de « grands patrons » qui grise les têtes sérieuses. Lymphe, cerveau, foie, et une pureté grammaticale à nulle autre pareille. D'une main lasse madame Grosser me désigne au passage des ombres plus hautes ou plus noires que le reste de l'ombre : des musées, l'Université, un zoo. Soudain : « Etes-vous grand-père, monsieur N. ? »

Le coup m'a été porté par surprise. Je n'ai pas le temps de le parer. « Vous verrez, c'est la joie de la vie... » Je balbutie des explications en forme d'excuses : les mariages tardifs, un adolescent...

— Dix-huit ans ?

Au ton de ma voisine je la devine réprobatrice. Est-il indécent d'avoir à mon âge un fils de l'âge de Lucas ? Je m'entends vanter, en formules disproportionnées, un peu bêlantes — j'en fais décidément trop — la qualité des rapports que j'entretiens avec mon fils. J'aligne des vérités très plates, qui pour moi sont des mensonges machiavéliques, jusqu'à en paver cette ébauche de conversation.

— Ah oui ?

La Présidente s'est de nouveau tournée vers moi. Je ne vois pas son visage. Ses lèvres font entendre un tst-tst dubitatif. On me croit, pourtant, d'habitude, quand je mens. Un parfum de géranium flotte dans la voiture.

— Moi, la maternité ne m'a pas comblée, je l'avoue. Alors que depuis trois années... Ce recommencement...

L'ineffable oppresse madame Grosser, qui cherche l'air. Je soupçonne la Présidente de n'avoir pas lu vingt pages de mon cru et de se réfugier dans ces layettes. Elle a dû méditer sa ruse en venant à l'hôtel. J'ai pitié d'elle : le temps, comme à moi, lui paraît long ; elle languit après la lumière, les embrassades, *l'ordre du jour*. Le chauffeur, par bonheur, désigne maintenant de la main un escalier, une porte éclairée, une touffe de thuyas cernée de reflets roses. Des gens piétinent le sol dur, se saluent, grimpent les quelques marches, se tournent vers nos claquements de portières. « Voyez, on vous attend ! »

En France je me serais demandé : « Se dérangeraient-ils sans l'abreuvoir ? » Aucun soupçon de cette nature ne m'effleura ce soir-là. Mes futurs interlocuteurs bavardaient, un verre de vin blanc à la main, placides, patients. Je n'aperçus pas un de ces visages de justes qui font la glaciale réputation de B. Si la vertu régnait ici, elle était dans les voix contenues, la ponctualité. Rien de tout cela n'était pour m'étonner ni me déplaire, moi qu'une longue fréquentation de ma province a formé aux disciplines de l'Est. A peine un scrupule me troubla-t-il : devais-je, à ces curiosités qui tout à l'heure se tourneraient vers moi, proposer le soufre et le secret qui déjà brûlaient dans ma tête ? C'était toujours la même histoire : pourquoi *eux* ? Pourquoi *cela* ? Voilà trente ans que je déplore de n'avoir à offrir à ceux qui me portent attention qu'une seule forme de littérature, que je devine inadaptée aux qualités que je leur prête. Mais l'honnêteté oblige à avouer que la question ne me tarabusta qu'un instant : il y avait du monde, satisfaction qui balaya le reste. Madame Grosser, d'ailleurs, m'escamotait déjà et me poussait dans un bureau où une dizaine de personnes, debout, nous attendaient. « Les membres de notre Conseil, dit la Présidente, et presque tous vos convives de ce soir... »

Noms, titres, mains tendues. « Le doyen de notre faculté des lettres. C'est lui qui nous offre l'amphithéâtre, et ce bureau est le sien. » L'embonpoint, c'était monsieur Grosser. Le ruban rouge, le conseiller culturel. Clavicules saillantes, salières chrétiennes, son épouse. J'étais à la fois éperdu et gai ; il me semblait contrôler la situation. Ces yeux sombres ? Une main parut fondre dans la mienne, décourageant le serrement. Je me penchai sur les doigts minces, les ongles bombés, approchai d'eux mes lèvres avant de relever la tête. J'entendis : « Madame Sylvain Lapeyrat, chez qui vous souperez tout à l'heure. » Ce baisemain, absurde ! Les yeux sombres se fixèrent aux miens, attentifs, amusés. Amusés ? « Nicole », dis-je. « Nicole Henner... »

La Présidente s'extasia. « Je me disais aussi... Vous vous connaissez ? Vous êtes une cachottière, ma petite Nicole, vous ne m'aviez pas dit être une amie de notre conférencier ! »

J'aurais pu parier que madame Grosser dirait « cachottière », dirait « notre conférencier ». Les bras le long du corps, immobile, Nicole Henner attendait que le petit tourbillon des exclamations se fût apaisé. Elle ne me lâchait pas du regard. Je l'avais connue ainsi, indifférente aux témoins, aux voisins, se moquant de choquer. Elle me parut jeune. Jeune ? Proche des quarante, en tout cas. Sa robe faisait très dame, très couture, l'allongeait. Presque maigre. « Oh, vingt ans peut-être. Non, moins ?... » « Le professeur Erbst voulait vous demander... » « Je parie que vous n'avez jamais bu de ce blanc-là. Mon mari en est si fier ! »

— Un scotch, plutôt ?

Nicole Henner me désignait de la main des bouteilles posées sur le bureau du doyen, entre les dossiers.

— Ah ! si vous connaissez ses goûts...

C'est la femme du conseiller culturel qui

prépara un verre, me le tendit. « Ainsi, dit-elle, vous vous étiez perdus de vue ? »

— Depuis dix-sept ans, répondit Nicole Henner à qui la question n'avait pas été adressée.

Elle ne bougeait toujours pas, les bras le long d'elle. Qui, de nous deux, allait adresser le premier la parole à l'autre ? Parler le premier signifiait bâtir une vraie phrase, avec un verbe, c'est-à-dire user du « tu » ou du « vous » — tout le reste en découlerait. Je suis un tutoyeur universel, mais à B., Nicole, et ce soir-là ?...

— Mon mari te prie de l'excuser. Il n'a pas pu venir. Il arrivera en retard. En tout cas tu le verras à la maison tout à l'heure. Il était à Schaffhouse aujourd'hui.

Cinq phrases brèves, comme découpées au couteau, et l'inimitable voix élégante. Nicole Henner avait toujours eu le génie du silence. Elle parlait à regret. Je l'avais surnommée « Miss Muette », ce qui était aussi un jeu de mots sur son adresse et son genre, si convenables. « Je ne suis pas taciturne, m'avait-elle dit un jour, je suis violente. A défaut de crier, je me tais. » Elle avait tenu parole : jamais un cri entre elle et moi, et le silence un jour était retombé. Le silence était retombé sur madame Sylvain Lapeyrat.

— Nous ne voulons pas vous accaparer. Nos amis...

La grand-mère comblée avait rouvert la porte du bureau et m'entraînait parmi ses invités. Je ne pus m'empêcher de chercher des yeux Nicole Henner. Sans me cacher. La vieille vulgarité avec laquelle je m'étais toujours, dans les dîners, les réceptions comme celle-ci, les voyages, jeté à la tête d'une femme dès le premier instant choisie et vers laquelle, dès lors, me poussait une convoitise à moitié feinte, à moitié vraie, en tout cas irrésistible, — la vulgarité, donc, ou l'indiscrétion, de quelque nom qu'on désigne cet élan, m'emportait. Je reconnus la sensation avec gratitude, et son goût d'autrefois.

La femme du conseiller culturel m'avait saisi le coude avec fermeté. Elle me pilotait entre des sourires, des poignées de main. « Vous retrouverez madame Lapeyrat après le débat », murmura-t-elle. Je ne répliquai rien. J'avais appris de longue date à me laisser maltraiter par les témoins de mes fièvres. Miss Clavicules était une fouineuse ; mieux valait ne pas l'affronter. Encouragée par ma passivité elle m'accula au buffet et me demanda de très près, en confidence : « Ça va être passionnant, votre truc, ou chiant ? » Eclat de rire. « Mon mari est un de vos fans, vous savez. Il vous posera sûrement des questions. Il était furieux de rater le souper. Encore que le beau Lapeyrat... Quoi ? Enfin, je vous laisse juge. Nous, ce n'est pas notre tasse de thé. »

J'ai repéré la porte derrière laquelle les gens s'esquivaient avec l'air d'aller se laver les mains et je me suis échappé. Repli stratégique. Le destin avait dispersé mes troupes. Une demi-heure auparavant j'étais dans la peau d'un athlète bien préparé à un match, et même un peu dopé, et je me retrouvais en vieux champion nostalgique, un mouchoir des adieux, autrefois trempé de larmes, aujourd'hui roulé en boule, plutôt sale, au fond d'une poche. J'ai plongé mon visage dans l'eau froide et suis resté un moment immobile, les yeux fermés, une serviette appuyée sur mes paupières. J'avais besoin de me rassembler. Dans mon dos la porte s'est ouverte et refermée sans que personne entrât. J'avais dû faire peur. L'irréalité de tout avait pris possession de moi. Cette ville où je n'avais nulle raison de me trouver ; ces gens à qui je n'avais rien à répondre et qui n'avaient rien à me demander ; la convention en vertu de laquelle ils allaient néanmoins m'écouter pendant une heure ; cette voix d'homme entendue chez Lucas ; l'excitation fugace qui bousculait en moi images et pensées, et d'autant plus depuis qu'était réapparue Nicole Henner après dix-sept années, inchangée et méconnaissable, enracinée dans une vie dont je ne savais rien sinon que Sylvain Lapeyrat était bel homme, qu'il avait passé la journée à Schaffhouse et qu'il n'était pas *la tasse de thé* du conseiller culturel : ce n'était pas de « me rafraîchir » que j'avais besoin mais d'une douche, d'une longue immersion dans la mer, et d'être roulé par ses vagues.

Je sortis de leur emballage, en deux pressions du pouce, deux dragées bleues supplémentaires. Elles n'avaient pas été prévues au programme de mon euphorie mais les circonstances justifiaient, à mon estime, de me ravitailler plus tôt que prévu. Une longue rasade d'eau chaude bue au robinet m'aida à les avaler. « Que va-t-elle penser de moi ? » me demandai-je, comme si madame Lapeyrat m'eût surpris dans une situation compromettante. Mais, en vérité, la posture où j'allais me trouver dans un instant ne l'était-elle pas ? On met volontiers de l'héroïsme à se déculotter mais on préfère ne pas subir la présence de témoins dans la salle. J'avais honte, et si j'avais honte il me fallait attiser le jeu, jeter mon cœur loin par-dessus l'obstacle. Je fus impatient soudain que la séance commençât, et quand un vieux jeune homme ouvrit la porte et me dévisagea avec inquiétude, comme s'il eût craint de me trouver souffrant, c'est un conférencier résolu qu'il contempla, lucide, allègre, et qu'il guida, à travers la salle maintenant vide, vers la porte basse qui donnait sur l'estrade.

5

La partie

La Présidente, debout à côté de moi, le micro caressant le bord des lèvres ainsi que font les professionnels, m'a présenté. Trois minutes, pas davantage, elle connaissait son affaire. Elle m'a servi de la brioche et du miel en quantités suffisantes pour donner de la douceur à la vie. Même outrés, les compliments paraissent d'un tonnage tout juste honnête quand on s'apprête à affronter une mer inconnue. « La salle est bonne », m'avait soufflé en se levant madame Grosser. Salle n'était pas le mot approprié : il s'agissait d'un amphithéâtre universitaire très pentu, de sorte que je voyais des visages à la hauteur du mien, et même plus haut, j'en étais comme encerclé, une forteresse de visages, impression inédite et rassurante. Toutes les places étaient occupées

— flot de gratitude — et même quelques marches. Mes lunettes sur le nez, j'ai balayé le public de regards attentifs tout le temps que la Présidente a parlé. Foin des paupières modestement baissées. Quand mes yeux en rencontraient d'autres il arrivait qu'on esquissât un sourire. Ah les braves gens ! « Mes petits lapins, ai-je pensé, je ne vais pas me moquer de vous. Je suis accablé à l'idée que vous vous êtes dérangés pour moi, mais en même temps, soyons franc, je trouve cela on ne peut plus normal et justifié. Je vais donc vous en donner pour votre patience, pour ces bouilles sérieuses que vous tournez vers moi ; et même pour ce chuchotement et ce rire qu'échangent deux dames, en contrebas, leurs têtes penchées l'une vers l'autre. Dans dix minutes, je vous le promets, vous saurez pourquoi vous chuchotez et de quoi vous riez. Laissez-moi faire. »

A côté de la place que regagnerait la Présidente, au premier rang, une autre était vide, que j'étais prêt à parier qu'on avait réservée pour Nicole Henner, et qu'elle resterait inoccupée. Nicole qui n'avait pas voulu se planter là, droit sous mes yeux. Cette abstention était-elle supposée avoir une saveur de complicité ?

Scrupule et calcul excessifs. Nicole craignait donc de me troubler. Pourtant j'aurais mieux parlé, et autrement, si j'avais pu la surveiller, la provoquer ; sous son regard me seraient venues des phrases à double sens, des paroles en apparence anodines auxquelles j'aurais vu son visage s'éclairer ou, au contraire, se fermer. Ainsi vont les années. Tout cela eût été diablement excitant.

Je l'ai cherchée tout en haut de l'amphithéâtre, dans ses coins de pénombre, là où mademoiselle Muette se fût autrefois réfugiée, mais sans la découvrir. D'ailleurs des applaudissements saluaient maintenant la péroraison de la Présidente, qui s'est penchée vers moi pour fixer le micro à son support et, dans le mouvement, m'a inondé d'un solide parfum de trac et de sueur. J'ai hésité à retirer mes lunettes. Le double bénéfice de ce geste est en général de plonger le public dans le flou et de me permettre de lire mes notes. Sans notes à lire, ni visage à observer, j'étais libre de ma politique : j'ai choisi de voir distinctement mes interlocuteurs. Le vide s'est creusé sous moi. J'ai laissé le silence s'établir, s'approfondir, durer un instant de trop, encore un instant, ce qui a redressé même les plus distraits, puis j'ai engagé la partie.

Quand ma voix s'est élevée, assourdie par le bois dont étaient ornés les gradins et par la moquette qui tapissait les degrés, je ne l'ai pas aimée. On contrôle mal sa voix. Celle de ce soir-là n'était pas ce que j'avais espéré, non plus que mes mots. Confiant dans le brio qu'en principe les quatre dragées bleues me garantissaient la soirée durant, je m'avançais à découvert, hors des phrases et des cadences dont les notes volontairement oubliées m'auraient fourni l'amorce. J'attaquais avec témérité des développements inédits, des comparaisons fraîches mais maladroites, et plusieurs fois les mots sur lesquels je comptais se dérobèrent, m'envoyant aux lèvres en leurs lieu et place des formules approximatives. J'essayai de me ressaisir. « Jamais elles ne m'ont trahi », pensais-je, et je tâtais dans ma poche la plaquette de papier d'aluminium où gîtaient mes ultimes ressources, tout en me remettant à chercher Nicole Henner des yeux, cependant que mon introduction galopait seule loin devant moi, molle, divaguant comme un cheval échappé qui oublie les belles allures apprises. Je risquai une anecdote, une autre. Il me fallait absolument arracher à mon auditoire un rire ou un sourire. Quand je vis les deux dames en contrebas s'incliner l'une vers l'autre et, une main cachant leurs bouches mais les yeux tournés vers moi, échanger des impressions évidemment déçues ou sarcastiques, la colère me prit. Il fallait me couper un bras. Je boulai la fin de cette espèce d'avant-propos improvisé qui, en règle générale, me livre un public à demi conquis, à tout le moins attentif. Pas un spectateur ne songea à applaudir quand je déclarai en avoir fini avec mon monologue et attendre désormais les questions. Les visages s'étaient renfrognés : quelque part un rhéostat fut actionné et la lumière augmenta dans l'amphithéâtre, sans doute afin que je pusse constater cette métamorphose. On me guettait. En trois ou quatre minutes nous nous retrouvions au bord de la guerre. J'aperçus trois jeunes gens, deux filles et un garçon, les seuls de leur âge. Leur présence m'était une insulte puisqu'elle soulignait, par contraste, que j'étais livré à un public de grisons et de rombières. Ils avaient ouvert sur leurs genoux des cahiers — pour prendre des notes ? — et m'observaient, impénétrables. Autant essayer d'arracher un cri à des pierres. L'alcool, les amphétamines, le café trépignaient en moi, me cognaient aux tempes, mes mains tremblaient, mais une sorte de poix semblait m'avoir coulé dans la tête. Deux cents visages dénués d'expression, ou impatients, ou hostiles, me faisaient face : si je reprenais le premier la parole je m'avouerais vaincu, incapable de maîtriser mes nerfs et ce serait la débâcle. J'aurais l'air de donner des coups de langue, d'implorer un sucre.

C'est à ce moment que la voix de Nicole Henner s'est élevée, tranquille, et l'on devinait même, à l'intonation, un sourire. Oui, un sourire, un naturel parfait, le dos droit, et la robe décidément très « couture », grise : je ne voyais plus que madame Lapeyrat. Comment avais-je pu ne pas la découvrir, là, à la hauteur de mes yeux, sur ma gauche ? Siéger à gauche, c'était bien d'elle.

— ... je connais vos livres, disait la voix tranquille, je pense les avoir tous lus, et ce ne sont pas les questions à vous poser qui me manquent ! Mais n'y a-t-il pas quelque chose d'absurde à disséquer un roman...

(*Disséquer* était un de ses mots, appris en classe de français à Sainte-Marie-de-Monceau, avec *scalpel, aseptique.* Mademoiselle Henner avait toujours parlé des livres, quand elle en parlait ! en écolière ou en chirurgienne...)

— ... une histoire c'est une histoire, pourquoi la décortiquer ? Il me semble que nous devrions vous interroger plutôt sur vos textes les plus intimes. Ce que vous appelez « prendre le taureau par les cornes ». Ce serait conforme au caractère d'un débat comme celui de ce soir, s'il a lieu ! car tout le monde paraît muet. Pourquoi ? C'est que tout de suite nous risquons de frôler, nous, l'indiscrétion, vous, l'impudeur. Est-ce là votre souhait ? Est-ce ce que vous attendez de nous ?

J'eus le temps, pendant que Nicole parlait, de soupçonner cette question sur mesure, malgré la spontanéité avec laquelle elle semblait formulée, d'avoir été préparée avec soin, peut-être en collaboration avec madame Grosser qui tenait à *orienter* son débat. En somme, Nicole était ma commère, à supposer que ce fût là, au sens où je l'entendais, le féminin de compère, ce dont je doute. Nous étions au bonneteau et Nicole appâtait le gogo. Mais je n'étais pas en situation de faire la fine bouche : je fonçai dans la brèche ouverte.

Un débat comme celui qui se déroula ce soir-là à B. évolue selon trois axes possibles. Il peut tourner à la politique, à l'interpellation avant-gardiste (s'il y a dans la salle les profs de lettres du lycée local), ou à la consultation de l'Ecole des Parents. Nous n'étions pas en France ; les maîtres du gymnase de B. observaient un silence narquois ou circonspect (ils n'étaient pas sûrs de leur accent) ; ce fut donc à l'assistante sociale, en moi, qu'on s'adressa. N'avais-je pas, ici ou là, osé plusieurs développements à l'emporte-pièce sur l'artiste et la famille, le couple et ses enfants ? C'était des terrains où n'importe quel habitant de B. pouvait s'aventurer, fort de la supériorité arithmétique et morale que lui conféraient une progéniture plus nombreuse que la mienne et des mariages dont, j'imagine, l'unicité et la longévité étaient les caractères les plus flatteurs. Une forte dame avait dès les premières minutes mis les choses au point : « Combien d'enfants avez-vous élevés, monsieur N. ? » A ma réponse — « Un seul, et l'entreprise n'est pas encore menée à terme… » — la forte dame avait hoché la tête, satisfaite, et pris me sembla-t-il ses voisins à témoin. De quoi ? Je m'étais senti rapetisser sur ma chaise.

J'essayai en vain d'en revenir à la littérature quand on en fut, ou presque, à me consulter sur l'éducation sexuelle des filles et la querelle scolaire. « La comtesse Tolstoï… » disais-je, — mais je lisais sur les visages, maintenant passionnés, l'envie furieuse de m'enfermer dans l'aventure commune des hommes et de m'amener à confesser que je n'étais qu'un pusillanime ou un matamore. Un créateur est un homme comme les autres, dites-vous ? Eh bien, s'il en est ainsi, comme homme ordinaire nous ne vous trouvons pas fameux…

Je l'avais déjà remarqué : on nous fait payer cher la volonté de ne pas nous singulariser. Constatation à quoi s'en ajoutait une autre, celle-là plutôt distrayante, que je vais tenter de préciser.

Au bout de quelques minutes, mes mots s'échauffant comme des muscles dans l'effort, j'avais recouvré une partie de ma pugnacité.

Aux questions les plus saugrenues ou agressives, je me faisais un point d'honneur de répondre avec souplesse mais honnêteté. C'est une des sensations que j'aime dans ces affrontements : le scrupule et la précision avec lesquels j'essaie de mettre en mots ma vérité. Or que se passait-il, ce soir-là comme d'autres soirs ? Chacune de mes réponses les plus attentives, chacune de celles qui exigeaient de moi lucidité et courage, était accueillie avec scepticisme, comme l'eût été une provocation ou une boutade. Je devinai même quelques ricanements. Muets, il est vrai. Au contraire, si je glissais dans mon propos une hypocrisie ou une banalité, histoire de mettre à l'épreuve la subtilité de mes interlocuteurs, aussitôt je les sentais s'ébrouer, se détendre, et des hochements de tête m'apprenaient que j'étais rentré en grâce. La vérité faisait rire ou scandalisait ; les mensonges rassuraient. Habitués à penser par illusions ou tromperies, mes auditeurs exigeaient de les retrouver sur mes lèvres.

Un tel automatisme présidait à ces confusions, je pouvais si facilement, selon que je jouais ou non la comédie, me faire aimer ou détester, que je pris bientôt plaisir à cette gymnastique.

Nicole Henner, silencieuse depuis qu'elle avait ouvert le feu des questions, s'aperçut sans doute que nous glissions à une parade dérisoire. Elle leva la main, moins pour demander la parole que pour m'obliger à interrompre le jeu ; son geste pouvait aussi bien signifier : « Arrêtez-vous. »

— Avez-vous l'impression, me demanda-t-elle, que vos lecteurs lisent ce que vous avez écrit, ou autre chose, qu'ils ont envie de lire ? En d'autres termes la lecture vous paraît-elle être une rencontre, ou reposer sur un malentendu ?

Et quelques minutes plus tard elle me posa une troisième question, mais dans des termes qui firent sourire : il arriva en effet ceci, qu'elle me tutoya. Elle s'en aperçut, sourit elle aussi et s'expliqua : « Je connais monsieur N. depuis très longtemps, dit-elle, et je trouve stupide de le voussoyer en public par respect de je ne sais quels usages. Donc je continue... Si l'on te demandait, dans ce domaine où vie et œuvre s'enchevêtrent, quelle a été ton expérience capitale, que répondrais-tu ? »

— La question est trop vague.

— Alors je la précise. Les amours, le mariage, la paternité, la solitude : laquelle de ces expériences a le mieux nourri ton travail d'écrivain ?

(Je ne sais pourquoi je pensai en cet instant à ces jupes de flanelle grise à quatre plis plats, qu'on appelait « jupes Chanel » et que portaient encore, à l'époque où j'avais rencontré Nicole, les jeunes personnes un peu attardées et fiérotes.)

— Ce ne furent pas des *expériences*, dis-je. Ce furent des morceaux de vie, des passions, des épreuves, des pis-aller, des bonheurs. Le mot *expérience* est inacceptable. Cela posé, je crois comprendre la question. L'œuvre n'a rien à voir avec ce qui n'est pas elle. Elle peut être facilitée, ou compliquée, ou menacée par les épisodes de la vie quotidienne, comme par le climat ou les accidents de santé, mais elle ne s'en nourrit pas. Elle ne saurait non plus en être durablement compromise.

— Donc, pas de réponse ?

— Si, mais imparfaite, approximative. Dans cette espèce de harcèlement nerveux sous lequel se bâtit ou s'effrite le travail en cours, les passions ont la première place, avec leur corollaire ou leur décor, la solitude.

— Et la paternité ?

— Non, pas la paternité.

Le silence qui suivit — ce léger murmure soulagé qu'on nomme le silence — ne fut pas d'une qualité particulière. C'est à moi, et moi seul qu'il parut plus âpre, plus vibrant que ceux qui l'avaient précédé. Aussi, au lieu d'attendre la question suivante, qui sans nul doute eût repris le ronronnement que tous espéraient, ai-je cru nécessaire de donner un peu plus de moi, d'extraire un peu plus de moi et de le donner. Il me sembla, mais confusément, que je devais cet effort à Nicole Henner dont la voix, malgré l'aisance de l'attitude, m'avait paru altérée. Je pensai très fort à Lucas, j'imaginai sa présence sur un gradin de l'amphithéâtre et, sans attendre qu'on me relançât, je parlai :

— Il est étonnant, et quelque peu éprouvant pour moi, que notre conversation ait été portée par vous sur ce terrain. Je dis « par vous » bien que je pense n'être pas tout à fait innocent. En effet, dans cette relation qui se crée entre nous, éphémère mais tendue, et que mes confidences visent à tendre davantage encore, comme on fait d'un arc pour que la flèche aille plus loin, des pensées qui me hantent peuvent passer de moi à vous et susciter vos questions. Peut-être est-ce ce qui est arrivé. Depuis des heures, pour des raisons qui me sont personnelles, cette énigme m'obsède, de la paternité dans ses rapports avec mon travail. Vous l'avez perçu, du moins certains d'entre vous, d'où votre curiosité. Une curiosité passablement cruelle. C'est sur les arbres malades et les animaux blessés que s'acharnent les parasites, les chiens rôdeurs. Loin de moi l'idée de me comparer à un chêne et vous à des chenilles ou à des loups ! Telles sont pourtant les images qui me viennent. Pourquoi ? Vous me pressez là-dessus parce que vous décelez une zone de moindre résistance. Avouer qu'un fils a moins d'importance qu'un livre, un château de mots — comme il y a des châteaux de cartes —, moins d'importance qu'une passion, est-ce pardonnable ?

(De nouveau les murmures, les têtes qui s'agitent, ce frisson...)

— Mais serait-il pardonnable de prétendre l'œuvre si légère dans ma balance que les moindres sollicitations du plus banal sentiment la feraient pencher ?

« Mon fils... »

J'avais baissé la voix. Je cherchais maintenant avec une sorte d'emportement à capter des regards, à les happer. Les mots étaient là, à ma main, enfin dociles, abondants, et j'aurais pu parler plus bas encore, chuchoter, le silence se fût épaissi afin qu'on m'entendît. Lucas, cette fois, *était* assis à quelques pas devant moi, à côté des trois étudiants studieux par exemple, mais lui n'avait nulle intention de prendre au vol mes paroles : on ne couche pas sur le papier les confidences de son père. Il était là, au premier rang, ses longues jambes jetées loin devant lui, les mains dans les poches, et il m'observait. Lucas et ses silences. Lucas et ses yeux couleur d'été avant l'orage. Lucas et ses colères outrées, odéoniennes, ses grands mots, ses moulinets du bras. Lucas et ses brusques retours à l'enfance, ses calembours de potache, ses baisers. Oui, ses baisers. Lucas qui depuis deux années m'avait davantage humilié, tenu en haleine, que n'avait jamais fait aucune femme. J'avais beau déclarer les passions plus exigeantes et décisives que

Lucas, c'est lui qui m'avait imposé sa loi. Une femme m'eût-elle fait endêver comme lui que les portes auraient claqué de belle manière ! Mais on ne plaque pas un enfant. Quand il vous blesse, on saigne. On saigne tout le sang de sa douleur. On n'a nul recul, nulle échappatoire. On est enchaîné à son enfant, et lui seul sait le secret des nœuds et des liens, lui seul peut les défaire et transformer sa fuite, qui pour nous devrait être salut et soulagement, en ultime victoire. Sa victoire. Nous sommes toujours les vaincus de ce combat.

J'éprouve de la difficulté à évoquer cette soirée de B.

Il faudrait à la fois reproduire les questions qui m'étaient posées, mes réponses, donner la sensation du temps qui coulait, des silences — ce qu'on appelle au cinéma « raconter en temps réel » — et cette autre sensation, sous-jacente, d'un monologue secret qui m'occupait, donnait forme et sens à mes propos et orientait mystérieusement jusqu'aux questions de mes auditeurs.

Etrange imprudence, je n'avais pas une seule fois regardé ma montre. Quand j'y jetai un coup d'œil, non pas à la dérobée mais d'un geste ouvert et visible, destiné à rassurer la Présidente dont la poussée de transpiration, si provinciale, m'avait révélé l'anxiété, je constatai que cinquante-cinq minutes avaient passé. L'attention du public ne semblait pas faiblir et je pouvais prolonger d'un quart d'heure. Néanmoins, considérant dès cet instant que la partie était gagnée, puisque je n'avais plus honte de moi, je relâchai mon attention. Habitués à la demi-pénombre qui régnait dans l'amphithéâtre (avait-on de nouveau tripoté le rhéostat ?), mes yeux passaient d'un visage à l'autre — ces visages que les conférenciers chevronnés prétendent choisir dans un auditoire et aux expressions desquels ils s'attachent, soit qu'elles les réconfortent, soit qu'ils prennent à cœur de les modifier — sans s'attarder à celui de Nicole Henner plus longtemps qu'à trois ou quatre autres. Les souvenirs qui s'attachaient à lui, souvenirs de plaisir, de tendresse, de gaieté, d'amertume, n'avaient à aucun moment recouvert ce double courant que j'ai dit, du discours réel et du discours souterrain. Etaient-ils plus éventés et pâlis que mon ancienne passion ne se plaisait à le croire ? Dix-sept années diluent les plus forts alcools. Je repoussais le moment d'épiloguer sur tout cela et d'ausculter mon cœur. J'étais simplement heureux de sentir, au fond de moi comme derrière une porte entrouverte, ce calme tourbillon de mémoire et de curiosité auquel j'allais m'abandonner dans un moment. Une maison, un mari, dix-sept années d'une vie qui avait de si près frôlé la mienne, et tout cela à découvrir d'un coup, comme on arrache un voile, dans l'excitation des applaudissements et de l'alcool, avec ces chauds secrets enfouis en moi : la soirée à B. tenait ses promesses au-delà de mes espérances.

Une fois encore avant la fin du débat Nicole Henner me sauva d'une agression oiseuse. Elle la détourna vers un thème de tout repos : « Ce milieu, le vôtre, où se fabriquent livres et journaux, n'est-il comme on le murmure que pourriture et compagnie ? » Ces bontés font partie de notre ordinaire et y répondre n'exige de moi nulle vigilance. Comment Nicole le savait-elle ? Comment était-elle devenue, sans que son allure eût changé, cette femme ferme et fine dont je découvrais depuis une heure et demie les nouveaux gestes, la voix mieux posée, l'ironie ? Un homme ? Et cet homme, savait-il ? Pourquoi n'était-il pas ici ce soir ? Je voyais Nicole Henner, dans la pénombre, assise entre deux silhouettes féminines. M'eût-elle tutoyé en public avec son mari à ses côtés ?

Les regards dont me couvait madame Grosser avaient changé depuis la révélation subite de cette familiarité, je l'aurais juré. Regards, me semblait-il, démodés, outrés, méfiants, dont il arrive que les femmes d'âge toisent les gamins encore occupés de sexe et de fêtes. En avais-je essuyé, autrefois, de ces condescendances ! Tout en me rejetant à une inexcusable jeunesse, elles me flattaient. Mais aujourd'hui je suis un vieil homme ; l'illusion devenait risible.

Je perçus de l'agitation chez la Présidente. Il était temps de conclure. Je le fis avec le rien d'impétuosité d'un ruisseau qui retourne à son lit. Je pris soin de paraître, ici et là, chercher mes mots, afin de ne pas offrir le spectacle toujours un peu ridicule du conférencier qui cesse d'improviser, donc de bafouiller, pour se couler avec une aisance équivoque dans quelqu'une de ses vieilles rengaines. Une pointe d'émotion parut naturelle : la joie d'en avoir fini donne à la voix un intéressant vibrato.

On m'installa à une autre table, dans le vestibule de l'amphithéâtre, derrière des piles de mes livres. A la modestie des piles j'admirai une fois de plus combien la Présidente était une personne réaliste. Elle s'était assise à côté de moi : « Je vous aiderai, pour l'orthographe de nos noms, ils sont si barbares... » Une vingtaine de dames dressaient autour de moi une falaise de gorges, de parfums, d'avidités, de bracelets brimbalants. Une main apparut à ma gauche pendant que je signais un volume et posa devant moi un verre d'alcool ; je reconnus la manche de la robe grise. « A tout à l'heure à la maison », murmura la voix. « Ah, Nicole ! » constata la Présidente en se tournant à demi.

Les yeux fixés sur une carte de visite qu'on

agitait devant moi, non pas pour me faciliter une dédicace mais pour m'encourager à faire le beau, je profitai de la circonstance et demandai à mi-voix à la Présidente :

— Il faudra que vous me disiez un mot de monsieur Lapeyrat...

— Dans la voiture, tout à l'heure, en allant là-bas.

On ne me laissait pas me dissiper. Mais soudain, changeant d'avis, la Présidente interrompit elle-même ma corvée en posant sa main sur mon bras :

— Oh, Lapeyrat, c'est une grosse tête, vous verrez ! Notre Polytechnicum, ensuite le M.I.T. (elle disait « Emmaïti », en femme habituée aux conversations d'hommes et d'affaires), et je ne sais plus quel Institut, chez vous, à Paris... Des études en trois langues, et avec ça un boute-en-train, un sportif. Et anticonformiste ! Hélas...

La Présidente libéra mon bras et me désigna impérieusement une personne dont les bijoux, sous mon nez, frissonnaient d'impatience dans un bruit de grelot. Saurais-je jamais quelle faiblesse déplorait madame Grosser chez ce phénix de Lapeyrat ?

— N'oubliez pas : S, C, H, — toujours !

D'un œil oblique, ma voisine surveillait mon stylo. J'en relevais la plume dès que je m'étais sorti sans erreur d'un de ces terrifiants noms alémaniques et cherchais une formule moins passe-partout que celles dont souvent se contentent, me dit-on, mes confrères. A peine me voyait-elle hésiter que la Présidente me fournissait à mi-voix des indications sur le dédicataire, mais son murmure, tonitruant, me plongeait dans l'embarras et embrouillait mes trouvailles.

La petite foule fut bientôt dispersée. « Reprenez vos esprits », me dit madame Grosser. Avais-je l'air égaré ? Le coup de fouet de l'alcool ranimait l'exaltation légèrement retombée une fois terminé le débat. Je me sentais encore de belles salves à tirer. J'aime ces relais, ces rebonds, la façon dont une soirée qui s'épuisait se dilate soudain en possibilités nouvelles et infinies. La Présidente, satisfaite que son cheval du jour fût aussi fringant, se leva et dit : « Eh bien, allons-y puisque vous êtes infatigable... »

Nous descendîmes, moi tenant le coude de madame Grosser, les quelques marches du perron que le verglas pouvait avoir rendues glissantes. Le chauffeur tenait la portière ouverte. En se penchant pour entrer dans la voiture, au moment où le mouvement me dérobait ses traits et assourdissait sa voix, la Présidente constata, le ton neutre :

— C'était charmant, cette façon de vous tutoyer. Si naturel ! Je suis certaine que cela aura beaucoup plu.

6

Le souper

Dieu merci, l'appartement était *bien.* A peine m'étais-je permis la remarque — coup d'œil circulaire, une certaine façon de humer l'air — qu'elle me fit honte. Honte exquise : elle avait le goût de ma jeunesse. Fut en effet un temps où je n'éprouvais de passion que mise en scène dans un décor convenable : de l'élégance, l'appareil des vies bourgeoises. A ce prix, chaque passade devenait une étape dans la lente réconciliation avec moi-même que j'avais alors entreprise. Ma jeunesse n'aimait pas les bijoux — elle aimait les écrins. Et les vitrines où on les expose. Plus tard vint au contraire une époque où je ne cherchai qu'à m'encanailler. Sabine et Miss Muette avaient été les exceptions qui confirmaient ma règle, à laquelle j'étais vite retourné

Les Lapeyrat occupaient l'étage d'une de ces vastes maisons carrées, plantées au milieu d'un jardin, comme on en trouve dans les quartiers calmes de B. On les dit là-bas de « style français » bien qu'elles évoquent, plutôt que Versailles, les notables à nuque large qui les bâtirent vers 1910. Un feu brûlait dans la cheminée du salon, discipliné, parfumé, immémorial ; de tels feux ne prennent jamais chez les bohèmes ni les parvenus, ou alors ils ne tiennent pas, ils fument, ils s'écroulent, ils ruinent la conversation.

Nicole avait troqué sa robe grise — un caprice dispendieux lors d'un séjour à Paris ? — contre une jupe longue, en gros velours, et un chemisier de crêpe couleur d'abricot : la parfaite « tenue d'hôtesse » telle que la préconisaient les magazines des années soixante. J'avais connu Nicole jouant déjà à s'habiller ainsi, elle si jeune, quand en l'absence des parents Henner elle m'entrouvrait l'appartement de l'avenue Raphaël, sous les fenêtres duquel moutonnait le Ranelagh. Avait-elle si peu changé, ou s'était-elle vêtue ainsi afin de créer entre nous une connivence ? Mais non, elle était à cent lieues des cachotteries et des souvenirs ; quand comprendrais-je enfin que le corps des femmes n'a pas de mémoire ? Elle s'avançait vers moi dans une sorte de mouvement théâtral ou maritime, tragédienne, frégate, sa jupe noire à chaque pas se collant à ses cuisses, et elle tirait par la main son mari. Elle me le présenta.

La Présidente avait oublié l'essentiel dans sa description de Sylvain Lapeyrat : sa taille. Il était haut comme le sont les champions, ou les célébrités hollywoodiennes, quand on les approche de près. Haut et large. Miss Muette avait épousé un géant. Un homme quelconque, devant un de ces beaux spécimens de l'espèce, l'imagine aussitôt nu, se pose des questions, hésite à éprouver pour lui une trop commode aversion. On a beau dire que parfois ces colosses... On dit aussi que son nez en révèle long sur le charme secret d'un homme. Je regardai celui de Lapeyrat : un grand blase gascon, un profil de tranche-montagne. Diable ! Je lâchai la bride à mon antipathie, qui prit le galop. Bien entendu ces réflexions défilèrent dans ma tête en trois secondes, le temps pour notre hôte de traverser le salon à la remorque de Nicole. Une gêne m'empourpra, voluptueuse, haineuse, comment savoir ? La jalousie me chauffe toujours le sang, et le trouble. Cette rougeur subite fut mise sur le compte de la chaleur avec laquelle, une main broyant la mienne, l'autre me serrant le coude, Sylvain Lapeyrat m'accueillait. J'attendais le mot « regret », des explications d'horaires malencontreux. Au lieu de quoi le maître de maison m'expliqua, la voix rieuse, qu'il détestait les pince-fesses du Centre d'études françaises, et qu'il avait été rudement content de couper à ma prestation. (C'est lui qui employa le mot « prestation ».) « Je suis sûr que vous avez été épatant », conclut-il.

— Tu connais tout le monde, a murmuré Nicole.

Son regard m'a paru fuyant, sa voix trop feutrée.

A cet instant une chevelure blonde a bougé au-dessus du dossier d'un canapé, s'est secouée, et un visage est apparu, en train de se tourner vers moi, tandis que se levait une jeune fille.

— Vous n'avez pas rencontré Bérénice à l'Uni ? a demandé Sylvain Lapeyrat.

La chevelure blonde a été secouée de plus

belle, pour dire non, et le visage s'est baissé, de telle sorte qu'un peu de blanc est apparu au bas de l'œil, un mince quartier de lune sous le gris froid qui m'observait.

— C'est l'aînée, Bérénice, a dit Nicole Lapeyrat. Il y a aussi Jean-Paul, s'est-elle hâtée d'ajouter, comme si ceci compensait cela. Il a douze ans. Il dort déjà.

Elle contemplait, immobile et les bras ballants, dans sa vieille attitude retrouvée, le groupe que face à moi formaient sa fille et son mari. Lapeyrat avait posé le bras sur les épaules de la petite et la serrait contre lui, si frêle. Tous deux me regardaient. Bérénice avait la peau des presque rousses, sur laquelle le soleil des vacances avait semé des taches de son, au front, aux tempes, sur l'arête du nez. C'était un visage encore indécis, un de ces visages qui passeront d'un coup de l'enfance à la maturité, tout en courbes douces et en gravité. Qu'étaient devenus, chez elle, les cheveux sombres de ses parents, la taille et le vaste pif de Lapeyrat ? N'était-ce pas étrange, un grand bai brun et une biche engendrant cette petite souris ?

Le sourire était narquois, lent. Bérénice me

tendit la main. Puis, comme après y avoir réfléchi, elle s'avança de deux pas, leva la tête vers moi et claqua deux baisers dans le vide, du côté de mes joues.

— Bérénice ! Tu n'as plus douze ans. C'est drôle, cette génération, ils passent leur temps à s'embrasser. Il faut voir l'entrée du gymnase : une vraie fricassée de museaux...

Nicole ne bougeait toujours pas.

— Moi, j'adore ça, déclara Lapeyrat en reprenant la petite sous son aile. J'adore les baisers de ces jeunes filles. N'est-ce pas, ma Bérénice ?

Les Grosser, le doyen, la femme du conseiller culturel, tout le monde s'était mis à parler en même temps. Bérénice ? Je me suis rappelé ce long week-end à Sarlat, où un froid polaire nous avait surpris, posant sur le Périgord un givre éclatant dans le soleil, et les heures qu'y avait passées Nicole enfermée dans notre chambre de « la Madeleine », blottie sous l'édredon, à lire pour la première fois *Aurélien*. J'avais apporté le livre pour elle. « La première fois qu'Aurélien vit Bérénice... » « Quel nom ! avait soupiré Nicole. Tu crois que c'est portable, un nom pareil ?... » Elle parlait souvent des opinions, des sentiments, des désirs comme de vêtements. Elle se demandait s'ils étaient adaptés à telle ou telle situation, si l'on pouvait *se les permettre.*

Je la cherchai des yeux. Pouvait-elle, au moment où je découvrais Bérénice, et comment s'appelait Bérénice, ne pas penser à Sarlat ? Et si elle y pensait je le saurais aussitôt. A la condition, bien sûr, de croiser son regard, ce qui ne se révélait pas facile. Elle m'offrit des biscuits salés sans cesser de parler à monsieur Grosser. Et ce fut seulement quand elle tendit l'assiette au professeur Erbst qu'elle se tourna vers moi :

— Bérénice t'a lu, tu sais. Tu devrais lui parler.

Il me sembla que la petite me guettait ; elle fut tout de suite devant moi. Grave ou moqueuse ? Je n'arrivais pas à en décider.

— Quel âge avez-vous ? lui ai-je demandé.

— Seize ans et demi.

— C'est les petites filles qui ajoutent les mois aux années. Vous n'êtes plus une petite fille.

— Dites-le à mes parents !

Elle parlait avec l'aisance des adolescents rompus à la familiarité des adultes, non sans un soupçon de l'accent traînant des montagnes. Sans rien dire de cette incertitude sur l'accent tonique, si contagieuse dans les collèges du Léman et des Grisons. Elle avait croisé les bras et s'était hanchée sur une jambe, l'autre tendue en avant : leçons de danse classique. Les vêtements étaient informes, comme les veut l'élégance de l'époque.

Je m'entendis lui dire (fallait-il être gauche !) :

— J'ai un fils à peine plus vieux que vous. Il est né en 66.

— Moi, en 67. Quelles études fait-il ?

Personne ne venait nous interrompre. Rien n'était donc plus légitime que de bavarder au milieu du salon avec cette apprentie danseuse aux lèvres gourmandes. La question se planta en moi : parlerais-je ainsi, chez des gens, à Lucas ? Je voulais dire : à un homologue de Lucas, à un garçon de son âge et de son genre ? Et la réponse était : non. Pourquoi cette différence de traitement ? Bérénice était une fille, bien sûr, et jolie sous ce flou qui troublait encore ses traits. Chacun sait qu'à ce moment de leur vie les filles sont déjà des femmes, et souvent redoutables, armées, imprévisibles, alors que nos échalas de garçons traînent encore les pieds entre les paresses de leur puberté. On remarquera, à ces réflexions, combien le psychologue que je suis censé être, à qui les habitants de B., une heure auparavant, essayaient d'arracher ses confidences, en est resté, s'agissant des adolescents des deux sexes, à des vérités de conversations provinciales comme il s'en tenait aux alentours de la dernière guerre. Retard des garçons sur les filles, vamps de seize ans : je serais passé pour un subtil connaisseur de l'âme juvénile dans un salon de Niort au temps du Maréchal. Peut-être Lucas en était-il plus frappé que moi ? Auquel cas ses agacements se justifiaient mieux que mes soupirs de victime ne le laissent croire. Mais à peine avais-je laissé ce bon sens m'effleurer que je retournais l'argumentation. Rien ne change jamais aussi vite qu'on dit ; le matériau humain n'est-il pas le même depuis le commencement des temps, etc. Air rassurant sur lequel chantent mes idées fausses.

Ces passages d'incertitudes alternées devaient se voir sur mon visage : Bérénice m'observait avec curiosité. Mille petites flammes en moi se ranimaient, vacillaient, se redressaient vaillamment. Ne nous contentons pas d'explications plates ; dans la voix, du moelleux ; dans le regard, une compréhension éperdue. Goût de séduire ? D'être séduit ? Nous ne faisons pas les sorties d'écoles. C'était pourtant bien de coquetterie qu'il s'agissait, là, avec Bérénice, de sa part comme de la mienne. Nos voix avaient encore baissé. De loin, Nicole Henner (quand renoncerai-je à la nommer ainsi ?) ne cessait pas de nous surveiller. Non, « surveiller » n'est pas le mot juste ; elle paraissait attendre le résultat d'une sorte de réaction chimique par elle déclenchée : « ... tu devrais lui parler... »

— C'est formidable : vous ne m'avez pas encore cité la première phrase d'*Aurélien !* Avec les amis de maman — pas avec les « scientifiques » de papa — c'est en général automatique. Est-ce que vous me trouvez « presque laide » ?

Je pensai que mademoiselle Lapeyrat avait bu un doigt de vin de champagne et qu'à B., pour elle, les occasions devaient être rares de placer son numéro préféré, et le plus flatteur.

Tout cela, soudain, m'ennuya, d'autant plus que le rire et la voix de Lapeyrat soudain éclatèrent. Il les avait à la taille du coffre, énormes, et il parlait de la plus déplaisante façon, à la cantonade, comme font les bravaches au comptoir, l'œil alcoolique, s'amusant le premier et le plus bruyamment de ses tournures, souvent cocasses en effet. Je commençais à comprendre la « tasse de thé » du conseiller culturel : Sylvain Lapeyrat était *une nature.*

Nicole lui avait-elle parlé de nous ? Et en quels termes ? Sans doute n'avait-elle pas usé des mêmes pour Bérénice et pour son père.

— Je vous agace. Vous me trouvez prétentieuse ?

— Je pensais à mon fils. Je vous comparais, vous et lui.

— Il a l'air de rudement vous préoccuper, votre fils ! Tout à l'heure, à l'Uni...

— Vous y étiez ?

— Oui, assise à côté de maman, mais vous ne m'avez même pas remarquée, vous n'aviez d'yeux que pour elle...

— Les décisions de la Commission de Bruxelles, disait monsieur Grosser, ne nous engagent pas. Si chantage il y a...

— Rolf, tu embêtes nos amis !

— Je sais qu'il est tard et que vous avez faim, mais le soufflé...

— Souffler n'est pas jouer ! rugit Lapeyrat. Qui veut un dernier verre ? Monsieur le doyen...

— Vous ne paraissez pas avoir de mal à nous parler, pourtant, disait Bérénice en me scrutant. Regardez, avec moi...

— Quel long tête-à-tête ! On peut vous interrompre ?

Nicole, maintenant, avait la voix placée haut, un peu d'égarement dans les gestes. Elle contempla Bérénice comme si elle avait du mal à la reconnaître. Vu ainsi, de très près, son visage portait la trace des années écoulées. C'était imperceptible et pourtant je discernai, sous ce que ses amis devaient appeler « la jeunesse incroyable de Nicole Lapeyrat », sa future apparence, déjà dessinée ce soir par la fatigue ou quelque sorte d'anxiété. Ma propre clairvoyance m'étonnait. Je n'ai jamais su voir cheminer le vieillissement, ni attraper les ressemblances, — talents de famille. Nicole surprit mon regard et le comprit. Elle se passa la main sur le front et les yeux comme fait l'hypnotiseur quand il dit : « Dormez, je le veux. » Elle murmura à mon adresse, les dents serrées : « Ah non, mon salaud, c'est trop facile… » Mais son irritation était feinte. Je craignis néanmoins un geste, un mot qu'elle eût regrettés. « Puis-je me laver les mains ? » ai-je demandé.

C'est Bérénice qui m'a conduit jusqu'à l'orée d'un couloir.

— A gauche, puis la porte bleue…

Sans doute avais-je mal compris car j'ai poussé la porte d'une espèce d'office, ou de lingerie, aux murs garnis de placards. Un globe blanc, au plafond, éclairait crûment une table et, assise à cette table, une très vieille femme presque chauve, la peau collée à l'os, courbée, cassée comme les porteuses de fagots d'autrefois. Une assiette de potage était posée devant elle, et un verre vide. Sans doute, malgré les coussins qui la coinçaient dans son fauteuil d'osier, s'était-elle affaissée. Elle avait le nez au bord de son assiette et tentait, des deux mains crispées à la table, de se redresser. Sa lèvre inférieure pendait, tremblait.

Je fis le tour de la table afin qu'elle me vît. Ses yeux étaient noyés dans l'eau pâle de l'extrême vieillesse. Ils me fixèrent sans rien exprimer. « A qui est-ce, ça ? me demandai-je, côté Henner ou côté Lapeyrat ? Et que fait-elle là à cette heure ? »

Roulait en moi, doucement, l'amusement féroce qui parfois me saisit à la découverte des secrets : chambres crasseuses, cousins inavouables. Je pousse toujours les portes, dans les maisons. Et puis, ne nous noircissons pas à l'excès, un peu de pitié. Tous les vieillards ont-ils les yeux de ce bleu délavé, ou bien avais-je là l'ancêtre — grand-mère ? arrière-grand-mère ? — de qui Bérénice tenait son regard ? Les gènes ont de ces caprices. Je passai derrière le fauteuil d'osier : « Je vais vous aider, madame », dis-je. Puis je le répétai beaucoup plus fort, presque en criant. On devait m'entendre jusqu'au salon, et sursauter. Non sans répulsion je saisis le corps plié sous les aisselles et m'efforçai de lui rendre son aplomb. C'était à la fois léger et très raide, résistant. Le corps basculait d'un coup en avant comme s'il n'eût pas été articulé. La voix chevrotait des mots inintelligibles. Enfin je parvins à un résultat convenable. Je versai de l'eau dans le verre et le tendis à la vieille dame, mais, son regard ne me quittant pas le visage, elle ne vit pas mon geste.

Je sortis avec des précautions d'amant penaud, veillant à ce que le couloir fût vide avant de m'y glisser, et renonçai à chercher où me laver les mains.

Au salon, Sylvain Lapeyrat se dressait au-dessus d'auditeurs dociles. Il me vit comme du haut du mât l'homme de vigie aperçoit le premier la terre. « N'est-ce pas, monsieur N., me jeta-t-il. Nous parlions de voyages... »

— Je ne les aime guère, répondis-je avec circonspection.

— Ah, j'en étais sûr ! Chier à Mauléon des brochettes mastiquées à Patmos et digérées en plein ciel, quel intérêt ? Je ne comprendrai jamais mes contemporains.

Monsieur Grosser considérait l'ennemi des brochettes et du tourisme avec l'indulgence attendrie qu'on réserve aux chiots des races géantes : dogues allemands, mâtins de Naples. Lapeyrat n'était-il pas un de ses collaborateurs ? J'avais cru le comprendre. Cette vitalité surabondante devait être un atout professionnel. « Une grosse tête », m'avait dit la Présidente. Quant au choix de Mauléon pour symboliser l'inanité de l'exotisme — en associant à cette petite ville l'image d'une servitude rarement évoquée dans les conversations — il me confirmait dans l'intuition que la gasconnade était une spécialité du terroir Lapeyrat.

J'étais alors revenu depuis peu d'un court voyage — causeries et dames de culture — dans une région du monde que fréquentent peu les industriels. J'en avais rapporté deux ou trois anecdotes bien rodées, que je récitai sans que cet effort m'empêchât de vagabonder. C'est ainsi qu'une inquiétude me vint. Je n'avais pas vu de plan de table, évidemment, ni la table elle-même : la petite Bérénice, eu égard à sa jeunesse, n'allait-elle pas être escamotée au moment où « Madame » serait servie ? Je comptai les invités, m'oubliai, recommençai : nous étions huit ; quatre robes et quatre vestons ; Bérénice resterait donc avec nous. Cette certitude me donna trop de plaisir. Comme la jeune fille s'était animée, aidant à offrir à boire l'extra que chacun semblait connaître (on devait se le repasser de dîner en dîner dans la petite société Grosser), je pus l'observer à loisir. Elle bougeait bien. Dans les mouvements vifs qui échappaient à la brusquerie de son âge, ses vêtements trop vastes se plaquaient à elle, comme sa jupe noire à Nicole, et révélaient les formes de son corps. Elle serait belle, elle l'était déjà, d'une beauté insinuante qui contrastait avec la bouderie encore enfantine du visage. Je comprenais mieux l'allusion à la célèbre phrase d'Aragon : Bérénice l'avait lue dans un livre mais relue dans les miroirs. Elle aussi, au premier regard, on pourrait la trouver « presque laide », mais elle saurait brûler les étapes.

Si Lucas m'avait ramené à la maison une proie de cette qualité, comme je l'aurais aimée ! Comme je les aurais aimés tous les deux ! Nos fils doivent chasser sur les territoires trop vastes ou lointains pour nos vieux cœurs. Ils doivent triompher de gazelles que peut-être, en notre temps, nous n'aurions jamais forcées. Trop rapides. Jaloux, nous ? La vanité des hommes de mon âge est ailleurs. Rien plus que les victoires et les bonheurs de Lucas ne m'eût comblé.

On passa à table.

Sylvain Lapeyrat se dépensait. Il prenait au

sérieux son rôle de maître de maison. Comme une queue de conversation traînait sur les voyages il y mit fin de la façon la plus singulière. « Et puis, dit-il, interrompant le doyen Erbst, son profil toujours aussi énergique, en voyage il m'arrive de découvrir que j'ai une âme. Je n'aime pas ça. Vous savez, les sensations de la tombée de la nuit... la chambre d'hôtel... le bar... »

C'était si inattendu qu'il y eut un silence. Quand le bavardage reprit, j'entendis la femme du conseiller culturel (elle était assise à ma droite ; à ma gauche se trouvait Nicole) murmurer à mon intention, quoique sans se tourner vers moi : « Voilà autre chose... » Elle prononçait, en grasseyant : « V'là aut' chose... », affectation à quoi l'on reconnaissait en elle une vraie dame élégante. Je croisai un regard de Bérénice, placée presque face à moi, entre Rolf Grosser et le doyen ; un regard qui signifiait : « Il n'est pas si mal, mon père. Allez-vous enfin en convenir ? » Mais où avait-elle pris que je le jugeais mal ? Ses aboiements commençaient à me plaire, et sa mélancolie, soudain révélée, plus encore. C'est l'instant que choisit Nicole ; elle se tourna vers moi et me dit, tranquille : « J'étais sûre que Sylvain te plairait. »

Pour être tout à fait franc, et pour n'approcher que par degrés du cœur de mon récit, je dois avouer qu'à ce moment de la soirée je me sentais à mon aise. Des soupçons rôdaient, des souvenirs, des hypothèses, tissés avec ce réseau de regards entrecroisés que permet une table ronde, et vivifiaient en moi l'excitation d'où je pouvais tirer, au choix, patience ou intrépidité. Je ne détestais même pas sentir à ma droite la rancune de ma voisine, qui me pardonnait mal d'avoir fait semblant de ne pas entendre le grognement émis aux dépens de Lapeyrat. Elle chipotait son soufflé en méditant une sortie. L'agression vint pourtant, à ma surprise, du professeur Erbst :

— N'avez-vous pas le remords, monsieur N., me demanda le doyen, de nous avoir fort peu parlé de littérature ? Il me semble que vous vous êtes laissé enfermer, sans beaucoup vous défendre, dans les questions de ces dames, qui relevaient davantage, si j'ose dire, du courrier du cœur ou de la direction spirituelle que de la création, qu'on l'entende au sens noble ou trivial.

— Pardon, protesta la Présidente, monsieur N. nous a confié qu'il écrivait à l'aube, avec un stylo à bille, sur du papier épais et mou. Ce ne sont pas là des secrets de fabrication ?

Sylvain Lapeyrat me regardait, Dieu le pardonne, en rigolant. Il ouvrait déjà la bouche sur une plaisanterie quand ma voisine, concentrée et vipérine, jaillit de son silence :

— Le courrier du cœur, les recettes de l'artisan, les tortures du papa, soyons honnêtes, nous nous en moquons. Ce n'est pas *cela* que nous attendons de vous, cher monsieur. Je trouve pourtant nos amis injustes. Ou inattentifs. Car vous avez osé avouer des choses courageuses. Courageuses ou paradoxales ? C'est vous qui le savez. Aussi est-ce une question beaucoup plus indiscrète que celles dont on vous a assailli, que je brûle de vous poser. Vous permettez ? Oui ? La voici. Quelle sorte de comédie avez-vous jouée ce soir ? Vous étiez là, tapi comme un chat derrière votre table, fort de l'autorité, fût-elle éphémère ! que donnent la chaire, les amabilités qu'on vous a prodiguées, l'espèce de halo flatteur qui entoure les écrivains dans notre société de gagneurs de soupe, et vous paraissiez, selon les moments, bien vous embêter ou bien vous amuser. Mais où est la faille ? Où, l'abus de confiance ? Je le flaire mais je suis incapable de le localiser. Vous qui faites profession de « tout dire », vous devez avoir à cœur de me répondre.

Pendant qu'elle parlait j'étais enfin parvenu à lire le nom de ma voisine sur le petit carton qu'elle avait retiré de dessus son verre d'eau : quelque chose comme madame Du Goissic. Elle s'était maintenant tue et m'attendait de pied ferme. Ses salières, dans l'ombre du menton, paraissaient insondables. Elle ajouta d'une voix de fillette : « Mon Dieu, heureusement que mon mari n'est pas ici ! Il paraît que mes gaffes finiront par ruiner sa carrière... »

J'avais suivi sur le visage de Bérénice les effets de la diatribe de madame Du Goissic et n'y avais lu, je dois le dire, que de la curiosité. On ne conclut pas si facilement d'alliance avec ces jeunes armées. Tous les convives s'étaient tournés vers moi, alléchés par ce bis inespéré à mon récital. Il me fallait répondre, quelle que fût la lassitude en train de tomber sur moi. Ne leur avais-je pas donné leur content ? C'est donc de vilaine humeur, ma voix et, je l'espérais, mon attitude l'exprimant, que je rassemblai mes forces dispersées et répondis :

— Il arrive qu'on se sente coupable de n'avoir pas convaincu, qu'on soit donc prêt à chercher d'autres mots, d'autres arguments. Je vous l'avoue tout net : je ne pense pas pouvoir être plus éloquent que je ne l'ai été tout à l'heure. Je vous ai livré des confidences qu'il n'est pas d'usage de faire en public. Rien ne m'eût été plus facile que de vous débiter, en mimant l'improvisation, une jolie chose apprise par cœur du genre : « Montaigne, Rousseau, Leiris. » Ou encore : « Le Duc et le Vicomte ou la folie des Mémoires. » Vous vous seriez, comme on dit, régalés. Je puis monter cette mayonnaise-là, faites-moi l'honneur de le croire. Au lieu de quoi j'ai pris davantage de risques. En vain, semble-t-il. Vous m'en voyez désolé. Vous n'avez pas senti que j'étais sincère, et même enfoncé assez profond dans la sincérité : voilà qui, outre ma maladresse (mais elle aussi vous auriez dû la faire entrer dans le calcul), montre votre inattention, la défiance où vous tenez les gens de ma sorte, votre sécheresse ou légèreté de cœur, toutes qualités qui ne vous autorisent pas à me soupçonner de comédie !

La douche parut froide. A mon côté, Nicole ne levait pas le nez de son assiette. Le service s'était interrompu. D'un geste du menton Lapeyrat ressuscita l'extra et relança le ballet. Il me demanda :

— Monsieur N., je ne voudrais pas mourir idiot. Puisque je n'ai pas assisté au débat, ce que je commence à regretter, pouvez-vous me résumer ce qui semble avoir dérangé si fort nos amis ?

La Présidente, prudente, fut la plus rapide à s'emparer de la parole : « Eh bien, entre de nombreuses réponses consacrées à des points de détail, qu'il ne m'en voudra pas de négliger, notre invité a surtout parlé des conditions de la création. On pourrait imaginer des sous-titres qui parsèmeraient ses propos. Cela donnerait : Littérature et argent, Littérature et mariage, Littérature et paternité, Littérature et solitude, etc. »

— Que de littérature ! gémit Lapeyrat.

— Vous ai-je trahi, cher ami ? s'inquiéta la Présidente.

Je décidai d'enchaîner comme si madame Grosser n'était pas intervenue. Comme il arrive dans ces sortes de rencontres, je commençais à ne plus supporter la personne qui s'était montrée le plus constamment aimable avec moi.

— Ce que j'ai fait ? dis-je. J'ai répondu avec gravité à des questions parfois banales, parfois frivoles, mais toujours en évitant de paraître solennel. C'est pourquoi madame Du Goissic m'accuse de comédie. En cela elle est très française : ce qui est grave lui paraît ampoulé ou ridicule. Et, comble de la provocation, je n'ai pas pris la pose : cette légèreté a paru de mauvais ton. Vous qui êtes (je faisais de l'œil le tour de la table), des gens de l'Université, de la banque, de la Carrière, de l'industrie, vous nous considérez, nous les écrivains, comme des histrions, mais vous ne supportez pas de nous entendre le dire nous-mêmes. Or, je l'ai dit : nous n'exerçons pas une activité honorable. Nous touillons de sales sauces. Et toute l'hygiène mentale et morale dont nous entourons cette tambouille vous paraît injustifiable.

Ce qui ne vous empêche pas, je vous rends cet honneur, de nous traiter avec les mêmes égards que vous auriez pour une sorte de ministre... Tout cela est inextricable dans vos têtes et très clair dans la mienne. Qu'y puis-je ? (Comme les colères bien gérées, la mienne était à demi jouée. Mais je suis ainsi fait que je crois vite à mes rôles.) Je vous ai parlé, je vous parle encore avec probité, mesure, et madame Du Goissic (qui m'excusera de la choisir comme porte-parole de mes adversaires d'un soir...) voit en moi un faiseur et un faisan... Changeons de sujet !

Sylvain Lapeyrat leva la main en signe d'apaisement. « Pas encore, s'il vous plaît ! » Il s'assura que les truites fumées et la crème au raifort circulaient de façon satisfaisante, que les verres étaient pleins, et il reprit : « Vous employez souvent des expressions comme Prendre des risques, Manger le morceau, Se mettre à table, etc. Vous êtes donc un fanatique, non pas des comparaisons prandiales et gastronomiques, malgré l'apparence (encore que ce choix de mots mériterait explication !) mais de la littérature de confession, de l'aveu. Je ne déraille pas ? Non ? Je ne vois pas bien comment de là vous avez glissé au couple et à la paternité, mais enfin, je l'imagine. Alors je vous demande ceci : Ne pensez-vous pas que votre conception de la littérature, avec ce qu'elle suppose d'impudeur, de provocation, a de quoi bouleverser des adolescents, voire les dresser contre vous ? Le jeu en vaut-il la chandelle et vos déboires ne viendraient-ils pas de là ? »

— « Déboires » est un mot modeste, dis-je en soupirant, mais votre analyse est juste. Je n'aime en littérature ni les flamboyants ni les notables, — peut-être parce que je ne m'aime pas assez pour me glisser dans leurs peaux lustrées et luxueuses. Moi je fais « boutique-mon-cul ». Vieux métier... Vous aimez l'expression ? Elle est la plus colorée mais elle ne change rien à l'affaire. Réfléchissez avant de sourire ! Elle couvre à peu près tous « les cas de figure », comme diraient vos collègues, monsieur Lapeyrat. Et je veux bien admettre qu'un enfant, à l'éternelle question, déteste avoir à répondre : « Mon père ? Ma mère ? Il (ou elle) fait la pute. » Les chérubins en sont tout chiffonnés. Ai-je bien saisi votre pensée ?

C'est à ce moment que Bérénice a parlé. Je

l'avais un peu oubliée. Dissimulation, ironie, prudence, supériorité : aucune des organisations de sentiments chères aux adultes n'altérait ses traits ; c'était un être neuf ; et neuve aussi la voix, au fond de laquelle tremblait une supplication, qui peut-être n'était que timidité.

— Est-ce que vous ne compliquez pas tout ? Je voudrais vous donner le point de vue des chérubins. Quand vous avez parlé, tout à l'heure, à l'Uni, j'ai compris ce que vous disiez. Maintenant que vous vous expliquez, je ne comprends plus rien. Il faudrait lire les livres, les aimer, les détester, et se taire. Ces histoires de création, de paternité, sont abstraites. Un ménage, des gosses, cela veut dire de l'argent à gagner, donc moins de liberté, c'est ça ? Ce n'est que ça ! Aimer un homme ou une femme très longtemps, sans doute est-ce aussi plus difficile que de folâtrer. Est-ce que folâtrer favorise la *création artistique ?* (Elle disait cela en gonflant les joues comme elle eût fait pour jouer les soubrettes dans une troupe de théâtre d'amateurs.) Est-ce qu'un artiste sans responsabilités, sans chaînes, sans obligations, sans maison, sans enfants possède davantage de talent ? Je n'arrive pas à le croire.

Un aventurier, un marginal, est-ce votre idée du créateur ? Il me semble au contraire que plus un créateur est un homme ordinaire, plus bouleversante doit être son œuvre. C'est... c'est dans la terre commune que doivent pousser les fleurs, non ?

D'un coup, la jeune fille a rougi. Elle a rougi comme font les blonds, comme il m'arrivait de rougir dans mon adolescence, jusqu'à ce point de confusion où il ne reste qu'à éclater en larmes. Ou de rire. Bérénice, qui était policée, a choisi de rire. Rolf Grosser, son voisin, l'a prise par les épaules et l'a attirée contre lui. Le doyen a esquissé le geste d'applaudir. Nicole rayonnait. Et j'ai soudain compris ce qui me fascinait chez la jeune fille, et aussi me troublait, au point de m'avoir rendu inattentif à ses paroles : pendant une minute Bérénice venait de ressembler à Lucas. Non pas seulement à tous les jeunes gens du monde lancés dans une explication, ce qui sautait aux yeux, mais très précisément à Lucas. Sa verve, son impétuosité, les gestes qu'on voyait qu'elle contenait à grand-peine, son indignation à fleur de mots, et pour finir ce grand flot de sang aux joues — depuis deux ou trois années Lucas m'en donnait le spectacle. Mais ce qui chez lui tournait à l'outrance et passait pour profusion de potache acquérait chez Bérénice, pour des raisons faciles à comprendre, un charme acide, une séduction à laquelle nous étions tous sensibles et dont inexplicablement je me sentis fier.

Nicole profita du moment de conversation générale qui suivit la sortie de sa fille pour me glisser à mi-voix : « Tu l'aimes ?... »

A ma droite, madame Du Goissic frémissait, prête à hennir, ou à siffler. On devinait quel remue-ménage agitait sa tête. Elle était en train de comprendre des choses, d'en calculer d'autres, d'en découvrir, d'en inventer. Sylvain Lapeyrat m'observait. Il pouvait, là où il était assis, nous englober d'un seul regard, Nicole, Bérénice et moi. Il le fit. Il fut absorbé en nous avec une intensité qui le rendit un instant sourd et aveugle à ses voisins. Puis il se relâcha. Cet homme ne savait rien. Nicole ne lui avait rien dit. Elle avait continué après moi d'être la lisse, l'inaltérable silencieuse, à qui le mensonge était si naturel, par omission ou sauvagerie, qu'elle ondoyait dans les secrets comme un serpent entre les herbes. Elle n'en avait trahi qu'un, le nôtre, autrefois, mais je dois le dire avec une hauteur et une détermination superbes. Ma vie d'alors en avait vacillé. Les parents Henner et Sabine avaient appris presque en même temps notre aventure. (Je viens d'hésiter, ici, entre plusieurs mots : passion, aventure, liaison, amour ? Ou même simplement : nos rencontres. En effet, je ne me rappelle avoir vécu auprès de Nicole aucune coulée du temps, malgré ces quelques mois, presque une année, mais de brèves occasions, des fugues, des heures volées, de violents miracles dont je me serais longtemps contenté, — mais quelle jeune femme eût accepté la situation ? Est-ce bien ainsi que l'on dit ? Fidèle à sa nature, Nicole ne s'était pas révoltée. Elle s'était tue et avait glissé hors de ma vie, toujours la couleuvre entre les herbes A peine si un frémissement avait marqué sa fuite. Ensuite j'en étais resté longtemps stupéfait. Disons donc, à défaut de mieux : notre aventure...)

Je répondis à Bérénice avec la modestie convenable. Dès l'instant où m'avait frappé sa ressemblance avec Lucas s'était imposée la nécessité de filer doux. Les pères savent rendre les armes. La véhémence des adolescents exige de perpétuels accommodements. J'admis avoir été trop systématique, emporté peut-être par mon désir de convaincre. Il se trouva quelqu'un — ce fut bien entendu madame Du Goissic — pour ricaner que « les pères de famille sont les aventuriers du monde moderne ». Elle prononça ces paroles avec la grimace dont les gens de sa sorte font des guillemets aux citations. Nous avions réintégré le lit et les méandres d'une conversation pour dîner en ville. L'orage nous avait frôlés sans éclater. Au reste, n'était-il pas temps de parler d'autre chose ? On m'avait accordé assez d'attention. On ne me posa plus de questions que sur la vie parisienne, après quoi l'on vanta les mérites d'un certain professeur Floques, qui honorerait le mois suivant le Centre d'études françaises, où il viendrait parler de « Mise en abîme et récit éclaté ». C'est dire que j'eus le temps, jusqu'au sorbet, de rêver.

De sa rougeur de tout à l'heure Bérénice avait gardé aux pommettes un léger rose de plaisir. Satisfaite d'avoir exprimé ses idées et tenu sans faiblesse sa partie dans cet affrontement de grandes personnes, elle rendait maintenant la main à son naturel. Des mots d'époque refleurirent sur ses lèvres : on parlait le même langage au lycée français de B. qu'à Paris. Le doyen les écoutait, ces mots, en gourmet. Leur charme assure l'impunité aux petites filles. Les mêmes phrases molles, les mêmes mots soufflés qui dans la bouche de Lucas m'auraient désolé, exerçaient leur séduction sur les lèvres boudeuses de Bérénice. Lucas, dans la même situation (où je l'avais placé deux ou trois fois, quitte à le regretter après coup), n'eût pas résisté lui non plus à user de son charabia de gamin. Seule l'indulgence de ses interlocuteurs lui eût alors épargné cette confusion dont il se tirait d'autant plus mal que je la guettais, qu'il le savait, et combien je la détestais. Je ne supporte pas de le sentir en posture d'infériorité. Il n'y a que les amateurs de garçons pour prendre plaisir à ces momeries de langage, aux sourires qu'elles provoquent, et y exciter leur convoitise. La situation est classique. Mais alors, dans la bienveillance qui nous avait pendus aux lèvres de Bérénice, monsieur Grosser, le doyen et moi, fallait-il ne voir que la forme la plus civilisée et légère du désir ? N'étions-nous que de vieux hommes que trouble une enfant ? Quelle est la part animale dans l'inclination qui nous penche sur les adolescents ou la répulsion qui nous écarte d'eux ?

Nicole, dans ce balancement naturel aux dîneurs expérimentés qui savent faire passer en souplesse la conversation de leur droite à leur gauche, s'était non pas tournée vers moi mais adressée à moi, la bouche dans les mains, les coudes sur la table, sur un ton assez sourd pour décourager les indiscrets.

— Commences-tu à digérer la surprise ? me demanda-t-elle.

— Celle de te retrouver sous l'identité de madame Lapeyrat ?

— Quelle autre veux-tu ? Qu'as-tu en tête ?

Cette fois elle paraissait indignée.

— Tu aurais pu m'avertir...

— Après dix-sept années de silence ?

— *Ton* silence.

— En es-tu sûr ?

Madame Du Goissic tripotait le collier de jais agrippé à sa maigreur comme du lierre à un arbre sec. « Je donnerais cher pour être dans le secret de vos messes basses », me souffla-t-elle dans le nez avec de la fumée. Nicole l'entendit et, se penchant devant moi, répondit avec amabilité :

— Monsieur N. est un de mes plus vieux amoureux. Vous imaginez, Solange, tout ce temps perdu que nous avons à rattraper.

Interloquée, la Du Goissic fit semblant de déglutir avec effort : « Vous, alors ! Les Lapeyrat m'étonneront toujours… »

— Nous vous étonnons, Solange ? demandait Sylvain Lapeyrat, expliquez-moi cela.

Nicole, rassurée, continua :

— Tu as oublié quel homme tu étais à l'époque. Un courant d'air, un fantôme, — un fantôme père de famille… A propos, quand as-tu divorcé ?

— En 76, ou 77, je ne sais plus.

— En somme Sabine a bien failli te garder. Elle avait raison.

— Raison ?

Le ton de Nicole ouvrait des perspectives insoupçonnées : conciliabules derrière mon dos, marchandages peut-être, entre Sabine et elle. Je ne me souvenais, moi, que d'une chambre de clinique, d'un bébé qui hurlait. « Sabine a eu un accouchement dramatique », disait-on. Tous les mois qui suivirent la naissance de Lucas, occupés par les rechutes et les séquelles du drame en question, ma femme avait porté comme une gloire son air traqué et souffreteux. Je continuais, avec une discrétion dont je mesure mieux aujourd'hui la veulerie, de dérober à notre comédie conjugale quelques heures, de loin en loin quelques jours, que j'offrais à Nicole comme autant d'aumônes. Transformer en mendiante la triomphante Nicole de ce temps-là, voilà bien un paradoxe de *l'amour.* « Toujours crevée, ta bonne femme ? » me demandait Nicole, la bouche soudain amère. Les Henner la harcelaient, ce qu'elle me cachait. Comment n'auraient-ils pas vu d'un mauvais œil le quadragénaire marié, à la fois insaisissable et terriblement *visible* que j'étais alors ? « Ma chérie, il te faut rompre », répétait monsieur Henner, qui parlait comme dans un vieux roman. Et notre histoire cahin-caha continuait, un halètement de plaisirs et de remords, de provocations, de cachotteries, avec la neige sur le Périgord, les types en bonne fortune dans les auberges de forêt, quelques nuits en Provence, d'autres en Italie, et des bars, beaucoup de bars, dans les rues de Paris, sous la pluie, à six heures.

— Tu passais déjà pour détester les enfants, à l'époque. As-tu oublié ?

— Oublié quoi ?

— Comment tu t'accrochais à cette paternité que tu prétendais importune. C'était ton mot : importune. Il me faisait froid dans le dos.

— Mais Lucas...

— Oui ?

— Il avait commencé d'exister avant notre rencontre, il était là... Les dates...

— Les dates, mon chéri ?

Jamais Nicole ne manifesta son agacement autrement que par ce ton — une douceur trop modulée, trop caressante — qu'elle venait de reprendre avec un naturel si parfait que je ne doutai pas qu'il ne m'eût pas été réservé et que monsieur Lapeyrat n'en eût, lui aussi, subi la redoutable agression. De la sentir ainsi armée, et armée contre moi, me rendit Nicole plus proche. Je ne renonçai pas, cependant, à mettre lourdement mes points sur les « i ».

— Rappelle-toi quand tu as rencontré Lapeyrat. Rappelle-toi, la conversation de Pierrefonds : tu venais de rencontrer cet homme, tu me l'as dit. Je ne savais même pas son nom...

— C'est exact, mon chéri, je venais de rencontrer Sylvain.

On comprendrait mal ce dialogue si l'on oubliait qu'il était mené à mi-voix, en profitant du bruit de la conversation, nos lèvres remuant à peine, nos sourires donnant le change. Monsieur Grosser paraissait avoir pris son parti de la distraction de la maîtresse de maison ; légère folie française, sans plus ; quant à Sylvain Lapeyrat, il me considérait avec un étonnement croissant. La petite Bérénice elle-même, en alerte, épiait sa mère. Sans doute madame Du Goissic était-elle parvenue à saisir des bribes de nos répliques car, sa curiosité commençant d'être assouvie, elle affectait une discrétion ostentatoire.

La Présidente était décontenancée. Chez elle, devait-elle penser, les choses n'auraient pas dégénéré ainsi. Elle n'aurait jamais laissé un souper du Cercle d'études françaises glisser à la prise de bec, à la confidence, à l'anarchie, enfin à ces joutes équivoques, à ces sous-entendus qui lui paraissaient flotter autour de la table. Elle relança vaillamment des sujets d'intérêt général. Il me sembla même qu'elle faisait *les gros yeux* à Nicole, dans l'espoir sans doute de l'arracher à nos apartés. Elle soupira quand elle y fut parvenue. L'extra versait de fortes rasades de vin et la conversation s'échauffa. La voix de Sylvain Lapeyrat n'avait aucun mal à la dominer. Il parla de « l'électeur lambda » ; il employa le mot « chiffe », le mot « complétude » ; il dit « Je suis un vieux Kroumir » ; il évoqua un homme inconnu de moi en l'appelant tour à tour « ce citoyen-là », « le gazier », « le coco », « le gonze » et même « le gus ». J'espérais que l'anecdote se prolongerait, me donnant l'occasion d'en apprendre davantage sur le vocabulaire de notre hôte. Maintenant Nicole gardait le silence. Elle serrait même les lèvres. Elle devait craindre de laisser échapper quelque exclamation malheureuse. Il me sembla qu'elle hâtait la fin du souper. Je la vis échanger des regards avec l'extra et la bonne qui le flanquait, une saucière à la main pleine d'un coulis de framboise.

Madame Du Goissic, dépitée sans doute d'avoir passé une petite soirée — elle divisait, m'avait-elle confié, les corvées où elle accompagnait ou représentait son mari en *petites*, *bonnes* ou *grandes* soirées — essayait de sauver celle-ci, sans nul doute minuscule, en me harcelant. « Je l'ai poussé dans ses retranchements », dirait-elle plus tard.

— Vous nous tenez pour de la crotte de bique, ou quoi ? Vous êtes un homme brillant, soit, c'est une de vos qualités reconnues, officielles en quelque sorte, je n'en disconviens pas. D'ailleurs votre improvisation de tout à l'heure, qui n'a pas plu à tout le monde, c'était périlleux, mais réussi. Un virtuose ! Mais où est l'homme, là-dessous ? Depuis que vous êtes entré ici je vous observe : moitié confesseur, moitié Sherlock Holmes, que cherchez-vous ? Je ne veux pas être indiscrète et votre vie privée vous appartient... Hein, quoi ? Si, si ! Mais je ne suis pas aveugle. Vous avez l'air d'un homme qui par inadvertance vient de marcher dans... Pourquoi me fais-tu des signes, ma petite Nicole ? Ça ne se dit pas ? Bon, bon. Eh bien : vous avez l'air d'un homme qui, involontairement, vient de percer un abcès et qui se cache, son mouchoir à la main... Pas d'histoires, hein ? Pas de scandale. Tenez, en ce moment même, regardez-vous : avec votre sourire parfait, votre prudence, vous ne pensez qu'à vous en tirer sans dommage, sans avoir à me répondre... Ah, je voudrais vous tenir entre quatre yeux, moi ! Mais non, vous refuserez toujours l'affrontement. Tout à l'heure, à l'Université, on n'a tiré sur vous que des cartouches à blanc...

Nicole enfin se leva, me délivrant de l'obligation où j'allais me trouver d'*affronter* la femme du conseiller culturel, laquelle, je n'en doutais pas, était prête à me fusiller à balles réelles.

Je m'étais assis à cette table de belle humeur, chatouillé de curiosité, tout au plaisir d'avoir donné sans le savoir un coup de pied dans une fourmilière. Je me relevai quatre-vingts minutes plus tard la tête et l'estomac brouillés, saoulé de mots, tourmenté surtout par l'urgence de lever (ou laver ?) ce soupçon maintenant tapi en moi mais imprécis, une gêne vague plutôt qu'un soupçon, le sentiment d'avoir à soulever un rideau, à relire une lettre oubliée, à rassembler les fils d'une intrigue, à démêler comme l'avait flairé ma voisine le vrai du faux dans une confession qu'on me provoquait à solliciter, tout en étant décidé à me la refuser.

Dans cet instant où l'on se penche en avant tout en repoussant sa chaise, Bérénice — que j'avais de nouveau oubliée — me jeta un appel de détresse. Du moins fut-ce ainsi que j'interprétai son regard immobile, insistant. Plus tard ce serait de ces yeux-là que, devenue femme et chassant à sa guise, elle ferait savoir aux hommes son intérêt pour eux. Et plus tard encore ce serait ce même regard, à peine durci, noirci, qui avertirait le compagnon du moment que son règne tirait à sa fin. Il ne s'agissait pour l'heure que d'une question. Bérénice aussi se levait de table, je l'aurais juré, en proie à un malaise. Je lui souris. Aussitôt elle s'éclaira et je crus avoir divagué. Mais non, il y avait trop d'humilité dans cette lumière-là.

Je m'approchai de la jeune fille les bras tendus et, à la surprise générale, je l'embrassai sur les deux joues : « Tu as été épatante, lui dis-je. Tu permets que je te parle ainsi ? Je ne peux pas tutoyer ta mère et te dire vous ! »

Entre mes bras je la sentis à la fois rétive, frémissante — une petite boule de mouvements contradictoires que je serrai un instant de trop contre moi, jusqu'à ce que la paix revînt, et avec elle l'abandon de l'enfance.

— Vous vous entendez bien, tous les deux, on dirait, constata Lapeyrat en s'approchant.

Peut-être souriait-il jaune, mais comment m'en serais-je aperçu : ce n'était pas lui que je regardais. Quand je risquai un œil de son côté il disposait sur un plateau des bouteilles de liqueurs et d'alcools. Bérénice le rejoignit afin de l'aider à servir les invités. Elle se pencha un instant devant la grosse lampe chinoise. Son profil se trouva découpé sur l'abat-jour blanc. Son profil ! Elle se détourna, alla jusqu'au doyen, revint chercher un autre verre et une seconde fois son visage se dessina, avec la précision de ces silhouettes dont ce fut la mode à la fin de l'Ancien Régime...

... le front, le nez : je crus — avec ces cheveux qu'il porte longs, à la fille — voir Lucas. Ah, je le connais ce visage un peu mou, — le sien, le mien ! le désespoir de mes quinze ans. J'appelle ça le profil en virgules, tout en courbes et en contre-courbes, un air de lune qui se couche...

... puis Bérénice marcha vers moi, à la main

le verre que Nicole, sachant mes goûts, lui avait sans doute demandé de m'apporter. Et l'illusion se dissipa. Les yeux moqueurs n'étaient qu'à elle, même si, fixés aux miens, ils paraissaient vouloir me mettre dans une urgente confidence.

Je m'interromps un instant.

7

Le passé

Tu as commencé, madame Lapeyrat, par être cette personne couleur d'automne, debout dans le coin le moins éclairé de la chambre serrée, fermée. « Intense », ai-je pensé au second coup d'œil. Et déjà, au choix de ce mot flatteur, je pouvais mesurer combien tu m'attirais.

On eût dit que ces fenêtres aux volets et aux rideaux ouverts, dans la chambre d'un mort, effrayaient. Trois ou quatre ombres s'étaient tassées dans l'angle, autour de toi, et restaient là, debout, ne sachant pas où poser les yeux. Tu étais l'une d'elles, la plus jeune, et impénétrable. « Qui est-ce ? »

Xavière Lachaume, un bras d'Hector posé sur ses épaules, pérorait comme elle avait toujours fait, oiseau désarmé, infatigable, dont la branche venait de se casser. Son visage n'exprimait nulle tristesse. Seulement la surprise, une inépuisable curiosité, et le souci que tout fût convenable malgré les circonstances. Elle faisait bouffer la lavallière du mort d'une main experte. Pendant quarante ans elle avait confectionné le célèbre nœud de cravate de Lachaume, ses deux coques molles, ses pans en jabot. « J'ai eu du mal à le réussir, hier, me dit-elle. Pense donc ! C'était la première fois qu'il n'était pas debout devant moi. Tu saurais nouer une cravate sur un cadavre, toi ?... »

Hector, pourtant versé dans l'art des funérailles, trouvait que ce mort-là, et surtout cette veuve-là lui échappaient. Depuis un quart de siècle qu'il était le plus proche ami, et le plus dévoué, des disparus élégants et de leurs conjoints, celui qu'on trouvait jour et nuit veillant les défunts, réconfortant les survivants, passant au moment opportun aux veufs et veuves à la dérive un rasoir électrique, l'adresse d'une teinturerie, le numéro de l'homme à la préfecture qui posterait des agents devant la porte de l'immeuble, Hector paraissait choqué : rien ici n'allait selon ses habitudes. Xavière avait exigé qu'on ouvrît les volets et refusé les cierges. « Des comédies, avait-elle dit, mon Lachaume en écrivait. Il n'en aurait pas supporté autour de son lit de mort ! »

Renseignements pris — auprès d'Hector, naturellement — tu étais la petite-nièce des Lachaume. « Vous savez bien, Sylvia, la sœur de Xavière, avait épousé un avocat, Henner. Il était à Londres pendant la guerre. Eh bien c'est leur petite-fille... » Cette parenté expliquait ta présence prolongée dans la chambre, ce tailleur couleur de chagrin. Toutefois tu ne te forçais pas à jouer les jeunes filles de la maison. Trop réservée pour cela. « Un vrai artichaut, m'expliquas-tu huit jours plus tard, j'attends qu'on m'arrache les feuilles. »

— Je crois savoir d'où vient cette jolie comparaison...

— Tu sais. Et je sais que tu sais. Tout est bien, avais-tu conclu.

Nous nous étions vite tutoyés.

Comme tu étais belle, ce matin-là, dans le demi-jour et le parfum douceâtre de la mort. Le soleil s'était caché, rendant quelque décence à la chambre où gisait Lachaume. Une écervelée était entrée, son teckel dans les bras.

Hector et toi aviez eu le même geste pour l'arrêter, toi avec un sourire. Xavière s'était écriée : « Laissez-le, laissez-le ! » Posé à terre, le chien avait humé l'odeur entêtante : fleurs, chairs en train de pourrir, et « Cyprès », de Rigaud, que Xavière avait pulvérisé en abondance, comme s'il s'agissait de dissiper le fumet d'un rôti, aux alentours du lit. Puis, d'un coup de reins, il avait sauté à côté du cadavre et s'était couché, tendre et fou, la tête sur l'oreiller à côté de celle de Lachaume, dont la cravate avait frémi.

— Xavière, voyons ! avait crié Hector à voix basse. Mais il s'était tu : sur les joues de son amie coulaient enfin les premières larmes de ces deux journées. Celles qui délivrent, dit-on. Xavière avait soudain ressemblé à une vraie veuve.

— Il aimait tant Mao !

Puis son soupir s'était éteint et, sautillant comme à l'ordinaire d'une pensée à une autre, Xavière avait d'un même geste caressé la tête bosselée du chien, la joue de Lachaume, et remarqué : « Il est mieux qu'hier. Hier il avait bien plus l'air d'un mort.

Aujourd'hui il paraît reposé. Il s'habitue. Tu ne trouves pas, Nicole ? »

C'est ainsi que j'appris ton prénom.

Te rappelles-tu comme je fus vulgaire ?

Sans nul goût pour la profanation, je tenais cependant les filles en deuil pour plus vulnérables que les autres. Et plus belles. La mort d'un proche donne aux jeunes femmes le même bouleversant visage qu'une grossesse de six mois. Tu n'en étais pas à ces extrémités de la peine mais ta présence dans cette chambre, la tension que t'avait imposée la longue contemplation de Lachaume en train de se décomposer, l'usure des nerfs devant les extravagances de Xavière, tout cela te composait un personnage fragile qui me passionna.

— La pauvrette est épuisée, constata Xavière. Tu connais ma petite-nièce ? Sors-la d'ici cinq minutes, veux-tu ?

Du fond de son égarement, Xavière avait perçu ma curiosité posée sur toi. Restée un peu maquerelle sous tant d'années de bons usages, peut-être eut-elle la tentation de te frotter à moi. Elle n'aimait guère Sabine. Se serait-elle tue, ce matin-là, dans la confusion où nous étions plongés devant la dépouille de Lachaume à laquelle Hector tentait d'arracher le teckel qui lui montrait les dents, que sans doute je ne t'aurais pas adressé la parole ni revue. Les circonstances s'y prêtaient mal. Soulagé d'échapper à Xavière et à l'odeur sucrée de la chambre je te pris le bras — je m'attendais à te sentir te raidir, te dégager, ce que tu ne fis pas — et je te guidai vers le vestibule à travers l'appartement que tu connaissais mieux que moi mais où erraient, ce matin-là, des gens de théâtre, des journalistes, tout un manège de têtes à demi célèbres qui ne t'était pas, comme à moi, familier. Tu ouvrais de grands yeux.

Sur le trottoir je te proposai — maintenant je commençais à espérer que tu accepterais une à une toutes mes propositions — d'aller boire un café dans une brasserie de la place des Ternes. J'étais abasourdi, même si elle confirmait ma théorie, par ton apparente facilité. Tu avais vingt ans, moi plus de quarante et je craignais à chaque instant qu'un mot ou un silence ne me fît sentir mon inconvenance.

Que pensais-tu, toi, dans ces premières minutes où je jouais ma chance avec une impétuosité — ce que j'appelle ma vulgarité — dont j'avais honte mais que j'étais incapable de refréner ?

« Mes parents vous connaissent », as-tu affirmé. C'était de ta part un bien modeste souci de la bienséance. Si tu m'avais demandé : « Connaissez-vous mes parents ? » j'aurais dû te répondre que non. « Alors, ai-je dit simplement, vous connaissez tout de moi ? »

— Ils connaissent surtout la famille de votre femme.

— C'est bien ce que je disais.

— J'ai lu deux de vos livres.

— Voilà qui est mieux. Etes-vous horrifiée ?

— Pourquoi ? Dois-je répondre « oui » pour vous flatter ?

— Mes livres, ma femme, ma vie, et maintenant cette cour de soudard que je vous fais — il y a de quoi !

— Vous me prêtez peut-être plus de morale que je n'en ai.

Il me semble m'être rappelé ce premier dialogue avec une précision d'appareil enregistreur. Ou bien n'est-ce qu'une illusion ? Trouves-tu dans ta mémoire les mêmes répliques ? La même lumière de fin d'hiver et de matin, la même vivacité de l'air circulent-elles entre tes souvenirs ? Nous avons peu joué, toi et moi, au jeu préféré des amants, qui consiste à se raconter avec complaisance leurs commencements, ce bout de chemin qu'ils firent autrefois l'un vers l'autre, leurs réticences, leur soudaine hâte de tomber. Dans l'année hachée de ruptures et de retours que nous passâmes ensemble — il me faut de l'audace pour oser écrire « ensemble », nous le fûmes si peu —, dans cette année, plutôt, de flambées, de tortures, de plaisirs que nous arrachâmes à un sort contraire que je prenais soin, moi, de ne pas contrarier à l'excès, nous n'eûmes guère loisir de nous extasier sur notre bonheur. Nous nous sommes aimés au jour le jour. Tu ne sus jamais ce que j'avais pensé en descendant l'escalier de la rue Cardinet, en marchant à ton côté sur le trottoir de l'avenue de Wagram. Comme j'aurais été embarrassé si tu me l'avais demandé. Tout était allé si vite ! Je t'ai tout de suite désirée avec un emportement que tu devinais. Ça, oui, tu le devinais. Etais-tu si savante ? Non. Neuve ? Non plus, mais encore, ici et là, inexperte. « J'ai été bâclée », m'as-tu dit un peu plus tard, avec une impudeur rancuneuse, en évoquant tes dix-sept ans. Loin de m'enrager, ces mots-là m'allumaient. Tu le compris vite.

Ces mots-là, et d'autres, les as-tu retenus ? Suis-je seul à rabâcher depuis des années les épisodes de notre partie de cache-cache ? Ce soir-là, à B., même si tu me parlais à voix basse, même si tu retrouvais les intonations d'autrefois (qui à mon avis n'avaient pas cessé d'être en usage dans ta vie), tu étais inaccessible.

Lucas, quand Lachaume est mort et que je t'ai rencontrée, n'avait pas trois mois. Sans doute les dames, dans ta famille « qui connaissait celle de ma femme », parlaient-elles avec le fatalisme habituel des souffrances et des peurs qui avaient accompagné, pour Sabine, la naissance de notre fils. Elle traînait alors de clinique en maison de repos et cette absence faisait mon affaire. Je conseillais la prudence

— le bon apôtre ! Jamais je ne fus mari plus attentif : l'enfant en couveuse et Sabine aux mains des médecins, j'étais libre de courir te rejoindre, de t'aimer, et je me sentais innocent. Ce bébé absent, fragile, seulement à demi vivant, ne portait en lui aucune promesse. J'avais été consterné, à sa naissance et dans les semaines qui l'avaient suivie, par mon indifférence aux malaises et à l'angoisse de Sabine. Si j'avais cru l'aimer encore, cette fois, j'étais fixé.

Je te parlais le moins possible de cet autre versant de ma vie, mais tu le connaissais. Ma dureté, qui aurait pu t'apparaître comme un signe de ta proche victoire, te faisait peut-être horreur. Je creusais sans le savoir le trou qui nous engloutirait. Nous étions seuls. Xavière, après avoir été amusée par l'aventure, feignait d'en être scandalisée et dans le secret d'elle-même se savait responsable. Elle n'allait pas, vieille, et Lachaume à peine froid, retourner aux équivoques et aux galanteries de sa jeunesse. Défendre Sabine, c'est-à-dire convoquer à tout propos devant toi l'ombre de ma femme afin d'exciter tes remords, devint un élément et une preuve de sa respectabilité. Elle te sermonnait. Tu avais beau avoir « moins de morale que je ne t'en prêtais », tu flanchais parfois. Mes moments de cynisme ravivaient tes scrupules, comme je redécouvrais les miens dès que je te sentais prête à tout braver. Nous n'avons jamais, en douze mois, été lâches ensemble, ni courageux. A supposer, bien sûr, que le courage consistât à piétiner Sabine et à tenir pour inexistant ce bébé chétif qu'une demi-douzaine de médecins s'acharnaient à conserver en vie. Bien qu'incapable de rompre avec toi, je n'en étais pas certain. En somme, je t'aimais.

Ici, je touche à mon secret.

On enterre très bien les vivants. On étouffe très bien une passion qui brûle, qui palpite. Après quoi l'on garde le silence très longtemps. Dix-sept années par exemple. Tout cela sans être un monstre ni un héros, mais par la fascination qu'exercent sur nous l'échec, le goût de l'absolu, l'envie d'en finir. Après onze mois et vingt jours de folie de toi, j'étais fatigué. J'avais besoin de silence, d'ordre. Même mentir, ma drogue, ne me tentait plus. Sabine, on l'eût dite exsangue, semblait avoir pris son parti de mon éloignement ; quand elle me sentit vaciller, elle changea du tout. Elle me jeta dans les jambes ce petit braillard qui avait fini par vouloir vivre. Tout cela d'un classique qui m'écœurait, mais le secret d'y être insensible ? Ton père — cela tu l'as ignoré, j'en suis sûr — me harassait de remontrances viriles et tristes. « D'homme à homme » : l'expression, de ce temps-là, me fit horreur. Je n'avais jamais aimé, je crus que plus jamais je n'aimerais les rapports, confidences, sentiments pratiqués « d'homme à homme », cette façon si vaine de se rengorger, de se couper les ailes. Moi, c'est la femme en moi qui m'intéressait, la part féminine, la part de souplesse et d'impudeur à laquelle tu avais permis de s'exprimer et d'où désormais je tirais tant de bonheur. Car tu m'as donné beaucoup de bonheur.

(Aujourd'hui, je le note ici bien que cette métamorphose n'ait rien à voir avec toi ni avec notre histoire, je suis devenu, vis-à-vis de mon fils, une réincarnation de monsieur Henner. Je rêve, comme il rêvait, d'un monde où les hommes marcheraient au pas, crisperaient la mâchoire. Les défaillances de Lucas, tout enfantines, jugées à l'étalon de ma seule morale, et qui me mettent dans tous mes états, ne sont pourtant rien à côté du long aveulissement au prix duquel je parvins à te voler et à te garder un moment. Le plaisir magnifiait tout, excusait tout. Qu'au moins cette inconséquence détestable soit consignée ici, à toutes fins utiles. Le goût de la vérité est demeuré assez âpre en moi pour *sauver l'honneur*, — s'il se peut.)

Tu as vite compris que je n'aimais guère les femmes. Je leur ressemblais trop, et mon métier m'enfonçait trop dans cette ressemblance pour que j'eusse en moi grande envie de les conquérir. Leur appétit, leur naissante liberté me faisaient peur. Ce n'est que deux ou trois années plus tard que se précipita l'évolution, aujourd'hui triomphante, qui nous a peu à peu effacés, effrités, nous les hommes, et avec nous nos vieux privilèges, face aux ogresses que paraît-il vous êtes devenues. Sans doute étais-je en avance : j'ai ressenti très tôt cette tentation de me détourner de vous. Et puis la fête, la fameuse fête ne tenait pas ses promesses. On vantait à l'excès des éternuements de sexe, ces trémoussements, ce bain de sueur.

Or il se passa ceci de banal et d'immense,

que tu me donnas du plaisir. Mieux, que tu fis de moi un homme capable de t'en donner, fort, simple, long à épuiser, comme celui dont on entend tellement parler. Dès nos premières rencontres, et jusque dans nos pires tourbillons de repentirs, nous restâmes toujours rieurs, joyeux. Tu dénouais ces tresses de complications dont j'arrivais à nos rendez-vous tout entravé. Toi si jeune, tu possédais la sagesse et le naturel qui m'ont tant manqué. Tu m'offrais un bonheur de si belle qualité que j'oubliais de m'en étonner, de t'en remercier, et quels mensonges le rendaient possible. Possible ? De moins en moins me semblait-il, et tous deux nous étions à bout de force, au début de février 1967, quand tu m'annonças, la veille de ton départ, que tu te réfugiais à Crest-Voland.

On disait « Crest-Voland », chez les Henner, style bonne famille, pour désigner non pas un village savoyard mais la demeure qu'on y possédait. Je n'ai pas eu, moi, de grand-père « fou de montagne » qui transformait les chalets d'alpage en maisons de vacances. Mes grands-pères, en fait de montagne, ne connurent que ces cols des Vosges interdits depuis qu'y flottait le drapeau prussien. Tu paraissais épuisée. J'ai tout de suite pensé : lasse de moi. Tu fus exaspérée parce que je voulais t'interdire Crest-Voland ou retarder ton départ. « Viens avec moi », m'as-tu dit. J'ai compris une seconde trop tard que tu aurais du mal à me pardonner le « c'est impossible » qui m'avait échappé. Après cela je n'ai plus plaidé ma cause qu'en coupable.

Pour la première fois je savais que tu me jugeais.

Oh, ne crois pas que j'étais si aveugle. J'avais surpris ton expression plusieurs fois, pesé tes fameux silences. Il arrivait qu'ils me parussent lourds. Dans ces moments-là où tu savais que la gaieté abandonnait tes yeux, ta bouche, tu préférais t'esquiver. De mes gros doigts je chiffonnais cette soie fragile. « Un ange passe », disais-je, croyant exorciser notre gêne en la soulignant. Episodes de mon humiliation, signes (que tu croyais imperceptibles) de la fêlure en train de pousser entre nous son fendillement. Cette chambre d'hôtel, par exemple, à Beaune : j'avais appelé au téléphone la maison de Lisieux, celle de sa mère, où se morfondait Sabine, en profitant de ce que tu étais enfermée dans la salle de bains. Les bruits d'eau me donnaient l'illusion de disposer de trois ou quatre minutes d'impunité. J'avais commencé de parler à Sabine, donc de lui mentir, quand je vis tourner la poignée sur laquelle je gardais les yeux prudemment fixés ; tu avais oublié ta trousse de toilette sur le lit. La porte resta un instant entrouverte, puis en silence elle se referma. Nous ne parlâmes de rien.

Je savais les circonstances où tu me guettais : quand je veillais à payer en argent liquide nos chambres de passage ; quand nous marchions ensemble dans des rues où il n'eût pas été impossible de rencontrer Sabine ; quand tu m'entraînais dans un de ces cinémas où l'on tombe toujours sur des connaissances. Ma gêne croissait à proportion de celle qu'elle provoquait en toi. Mes peurs te faisaient honte plus qu'à moi. Les précautions de la clandestinité (je continuai de nous les imposer après que Sabine eut découvert notre liaison) rabaissaient notre histoire au rang des coucheries subalternes qui dégoûtaient d'autant plus tes vingt ans que tu découvris, assez vite, qu'un peu de sordidité n'était pas pour me déplaire.

Honte, secret, plaisir : en moi, indissociables. Puisque le plaisir m'était venu dans nos cachotteries, comme né d'elles, la pleine lumière ne le chasserait-elle pas ?

Je connaissais les détours malsains que tu explorais peu à peu, je suivais les progrès en toi de la vérité, mais rien de tout cela ne comptait plus dès lors que nous nous retrouvions seuls, enfermés, cachés, dans l'oubli haletant que chacune de nos rencontres, fût-elle brève, précaire, me paraissait décupler et rendre plus indispensable à ma vie.

Les huit jours qui suivirent ton départ pour Crest-Voland je tournai dans Paris, désemparé, répugnant au travail, résistant à t'appeler, pitoyable au point que ce fut Sabine, exaspérée, qui me dit : « Va la rejoindre... » Oui, j'attendis ce congédiement pour sauter dans ma voiture. Arrivé en Savoie je pris de haut tes soupçons et j'affirmai n'avoir pas de comptes à rendre à ma femme. Je fus si convaincant que tu me crus peut-être. Non ? Le pourrissement gagnait.

Je me rappelle cette route vers Crest-Voland. J'étais parti à quatre heures et la nuit était vite venue. De la neige fondue tombait parfois, puis sur le Morvan les flocons s'épaissirent. La voiture tanguait, je ne voyais rien. Ma peur de l'accident aiguisait une furieuse envie de vivre. Le désir me durcissait. J'étais assailli d'images. Je t'imaginais dans les postures les plus outrageantes, soumise à des inconnus, et je ne pensais qu'à te surprendre. Si je ne t'avais pas avertie de mon arrivée, n'était-ce pas pour te tenir à ma merci ? Je ne sais par quel miracle je fis sans encombre les cinquante derniers kilomètres. Deux fois, entre le Praz et Flumet, la voiture se retrouva en travers de la route. Il était plus de minuit. A la sortie de Notre-Dame-de-Bellecombe je crus ne jamais me sortir de la neige fraîche où les roues patinaient. Enfin, dans un dernier dérapage, la voiture vint s'arrêter sous l'hôtel des Aravis, où je sonnai, n'osant pas, arrivé à cent mètres des « Bartavelles », aller frapper chez toi. Le temps s'était éclairci, refroidi, et je distinguais la masse noire de la ferme, le bouquet des séquoias à l'ombre desquels nous avions passé des moments de bonheur à l'automne précédent. On me donna la clé d'une chambre en grommelant. Même le nom des Henner ne consola pas l'hôtelier d'avoir été tiré de son lit.

Au matin, j'aurais pu aussi bien repartir sans être allé jusqu'à ta maison. La veille, en refermant sur moi la porte de cette chambre tellement faite pour les vacances familiales, les bonheurs modestes, je m'étais retrouvé à mille lieues de toi, pourtant si proche. Ta fenêtre aurait-elle été éclairée, je l'aurais aperçue en me penchant au-dehors. Les soupçons et les images qui m'avaient dévoré tout au long de la route me faisaient horreur. Non pas les désirs, mais les soupçons. J'étais prêt à te reconnaître tous les droits, y compris celui de me trahir. En dix jours, des amants comme nous étions, toi et moi, perdent tout pouvoir l'un sur l'autre. La passion n'y peut rien. A quoi occupais-tu, à Paris, toutes ces heures où nous devions feindre de ne pas exister l'un pour l'autre ? Et les nuits ? Jamais je ne te posais de questions. Tu mettais une délicatesse scrupuleuse à me détailler ton emploi du temps mais je te faisais taire. Je n'étais qu'une fraction de ta vie ; nous ne nous donnions que des échantillons de bonheur.

« Les Bartavelles » — tu m'avais appris qu'il s'agissait de perdrix de la montagne — étaient une forte et vaste maison. On n'y décelait, en pleine mode bourgeoise de décoration, aucun souci de paraître. Tu l'avais connue enfant, donc tu ne la voyais plus ; tu prétendais l'aimer beaucoup. Je l'aimais moins : je t'y sentais retranchée, c'était ta citadelle familiale et je t'y imaginais, non plus dans les postures désobligeantes du plaisir mais reconquise par les soucis anciens, les projets harmonieux auxquels à l'évidence on t'avait préparée et dont tu n'aurais jamais dû te détourner. De jeunes hommes sanglés dans leurs principes, d'anciens compagnons de jeu, ceux qui naguère, aux « Bartavelles », t'embrassaient derrière les portes ou sous l'escalier, devenus des ingénieurs, de brillants sujets, t'avaient sans doute rejointe et déployaient autour de toi leurs stratégies respectueuses. Cette bienséance m'était étrangère. A peine avais-je tourné le dos, ou toi les talons, que tu étais redevenue la Nicole d'avant moi, la vraie, destinée à te métamorphoser inéluctablement en madame Lapeyrat. Les amours avec moi de Miss Muette n'auraient été qu'un interlude sur la violence et le pathétique duquel je m'étais probablement abusé.

L'insomnie me disloquait sur ce petit lit où

avaient si bien dormi des générations d'enfants épuisés par une journée de montagne. Je cherchais l'air. Devant mes yeux continuaient de défiler la route blanche, les talus vagues dans la lumière des phares. J'allai ouvrir la fenêtre et le froid acheva de me réveiller. La nuit déjà devenait grise : j'avais perdu conscience plus longtemps que je ne le croyais ; le malheur est moins dévastateur qu'on ne le prétend. Je me rendormis lourdement.

En ce temps-là je conduisais des voitures voyantes. Tu aperçus sans doute la mienne de ta fenêtre ou en descendant au village. Tu fus soudain dans la chambre où je somnolais encore. Tu riais. Une fois de plus tu bousculais mes châteaux de cartes. La chambre sentait le bois, le froid. L'étuve où j'avais passé une nuit de mauvais rêves était redevenue un décor charmant, un peu désuet, où tu voulus faire entrer le soleil. « Non, t'ai-je dit, laisse un moment les volets fermés. »

Sur ces trois jours de Crest-Voland, nos derniers jours, tu en sais autant que moi Tu en sais peut-être plus long que moi. L'illusion matinale de la chambre des « Aravis » s'était vite dissipée. Tu m'y laissas, dans cette chambre, sous le prétexte que je ne sais quel cousin « du côté de Maman » pouvait arriver aux « Bartavelles » d'une heure à l'autre. Tu m'expliquas aussi que les gens du village avaient la moralité sourcilleuse, touchant à cette exemplaire famille Henner. Tu ne t'en étais pourtant pas souciée à l'automne, et tu ne paraissais pas y songer quand tu me rejoignais aux « Aravis » et que nous nous enfermions des heures dans ma chambre.

C'était nouveau entre nous cette rage, cette exaspération des gestes. Jamais tu ne m'avais paru plus intrépide, libre, désirable, mais en même temps une menace planait, une moquerie sourde que je sentais prête à couler de toi. Tu me demandas brusquement : « Et ton fils, comment va-t-il ? Tu ne m'en parles jamais. » Tu étais allongée, nue, sur le lit, dans une pose qui ne t'était pas habituelle. Tes yeux me surveillaient. Cette impudeur ne t'allait pas ; tu jouais un rôle ; tu m'échappais, comme nous échappent à la faveur de l'ivresse les êtres les plus familiers. Une rancune t'avait grisée. Il me vint l'idée qu'en entourant de silence l'existence de Lucas, sa santé, les épisodes de sa vie et les liens qu'ils tissaient entre Sabine et moi, j'avais commis une erreur. J'étais apparu à tes yeux plus lâche, plus égoïste que je n'étais. Peur de te blesser, je m'étais noirci à l'excès. Un homme est fait d'un seul métal : je ne pouvais pas être pur d'un côté, médiocre de l'autre. Si mon attitude envers Sabine et Lucas était d'un irresponsable, comment aurais-je pu t'apparaître, à toi, solide, sûr ? Jamais ton corps ne m'avait donné pareilles preuves de sa complicité, mais dans le même temps je me sentais, je me savais repoussé hors de ta vie. Je t'aurais voulue moins ardente : la véhémence de chacune de tes attitudes confirmait ma condamnation.

Sensuelle, incohérente, coupée de rires fous et de soudains malaises, ma déroute a duré trois jours. C'est au soir de ce troisième jour que tu m'as parlé de ta rencontre de « quelqu'un ».

J'avais donc eu raison de redouter la présence autour de toi des fantômes de ta vie ancienne. Ils ne hantaient pas « les Bartavelles » mais ils n'avaient jamais cessé, depuis un an, de rôder autour de toi, encouragés par tes parents, par ce mystère aussi qui à leurs yeux devait entourer ta vie, et peu à peu ils s'étaient infiltrés par toutes les issues que j'avais négligé de garder. Maintenant ils triomphaient. Avec une sombre délectation j'abondai aussitôt dans leur sens. A peine avais-tu eu prononcé ce pronom discrètement indéfini que je t'avais sue perdue pour moi : je n'avais même pas songé à me battre.

Sans doute pris-tu ma soumission pour une indifférence enfin révélée. Mon personnage retrouvait sa logique : je me comportais envers toi comme avec Sabine, Lucas, d'autres sans doute. Tout s'ordonnait, se simplifiait. Les fables qui couraient sur moi et dont ta famille t'avait persécutée se trouvaient avérées. Pusillanime, instable, le cœur sec ou innombrable : l'image de l'homme qui se déglinguait devant toi coïncidait enfin avec celle qu'on avait cherché à t'imposer depuis un an. Tout était bien qui finissait mal. Je prêtai aussitôt des vertus infinies à l'homme qui t'arrachait à moi. Je ne te demandai même pas son nom, ni si « je le connaissais », comme il est d'usage. J'étais bien sûr de ne pas le connaître, celui-là ! Je ne pensais plus qu'à décamper.

Le choix des armes, dans une rupture, c'est entre partir ou rester. Qui veut rompre choisit en général la mobilité, le départ, tellement plus faciles à imposer à l'autre que ce congé que tu me notifiais. Je te vis étonnée par la hâte avec laquelle je bouclai ma valise. Avais-tu espéré des cris, des arguments, un baroud d'arrière-garde ? Exerçais-tu sur moi un chantage afin de me suggérer les décisions que j'étais incapable de prendre ? Je ne le saurai jamais. Toi-même, le savais-tu ? Quand, ce jour de l'hiver 1967, je refermai la porte de ce qui avait été notre dernière chambre — ah, ton dur sourire ! ta froideur d'étrangère ! — je pensais ne jamais te revoir. Je me trompais : nous nous sommes revus une fois en dix-sept années et avant B. : un matin de juin, quatre mois après Crest-Voland, à la station de taxis du haut de l'avenue Mozart. Sur ton terrain. Sous la pluie. Nous bafouillâmes quelques phrases pendant qu'un chauffeur s'impatientait. Je cherche à me rappeler : tu portais une large cape de loden, ou en ciré noir, je ne sais plus. Ta silhouette en était méconnaissable. A ma dernière question tu ne répondis même pas. Muette, pour la dernière fois. Le lieu y était, et ta légende.

8

Les indices

Il faut imaginer le décor, la mise en scène, les mouvements des acteurs. Le salon est assez vaste pour que plusieurs « coins » y accueillent les apartés, disposition qui facilite la fluidité des conversations. On sait vivre. Le plafond est bas. Des boiseries dans le goût allemand — coffret à cigares plutôt que charme Régence — donnent aux sons du moelleux. Moquette trop frisée, trop chinée. Quelques beaux meubles, plutôt province, des tapis, des bleus de Chine, assez de livres pour flatter l'honneur, aux murs des toiles tapageuses comme on les aimait il y a vingt ans. Peu nombreux, un peu perdus dans l'espace disponible, les invités ont pourtant évité de faire un rond. Ils bavardent à mi-voix, deux par deux. Même Sylvain Lapeyrat éprouve de la peine à être tonitruant. On ne s'occupe plus de moi. Chacun a le sentiment d'avoir déjà donné et souhaite retourner à ses soucis, propos sibyllins, soupirs allusifs, qui m'excluent. Peut-être aussi a-t-on remarqué que j'avais beaucoup bu. Craint-on un impair, un éclat ? Mon embrassade avec Bérénice n'a pas été appréciée. Nicole est affairée. Une pente l'a fait glisser loin de moi. Je feins de m'intéresser aux livres de la bibliothèque : on attend de ma part cette curiosité de bon aloi. Elle a l'avantage de me permettre, tournant le dos au salon, d'échapper aux harponnements de regards qui sont la plaie des fins de soirées. Je ne jurerais pas que me passionnent les œuvres complètes des frères Tharaud reliées en maroquin riche, choix et cuir où je crois reconnaître la marque Henner. Où sont Alexandre Arnoux, Brasillach ? Le nez dans les rayons, je sollicite et secoue rageusement ma mémoire. On croit inutile de noter les événements, de dater les souvenirs. On est sûr de se rappeler chaque détail de la vie, qu'en vérité huit jours dissipent à jamais. On se retrouve traînant derrière soi un brouillard d'images et de noms. Mes plus sûrs repères chronologiques — la date de parution de mes livres — se sont eux-mêmes estompés. Alors le cœur ! Je ne mentais pas, pendant le dîner, en m'avouant incapable d'indiquer à Nicole l'année de mon divorce. Locomotive poussive et d'un modèle dépassé, je ne tire plus qu'un train fantôme.

A ce moment de la soirée, mes efforts encore compliqués par l'abus d'alcool, je suis loin d'avoir rassemblé et ordonné les souvenirs qu'en écrivant j'ai loisir d'éclairer au mieux de mon intérêt ou de l'harmonie de mon récit. Les mois et les années se chevauchent dans ma mémoire. Cette période de 1966 à 1968, fertile pour moi en passions, détresses, rebondissements, abandons, ne forme qu'un embrasement que le temps a éteint mais que cendre et fumée rendent encore inabordable. De quand date par exemple cette seconde et dernière visite à Crest-Voland ? C'était l'hiver, bien sûr, mais quel moment de l'hiver ? La solitude d'avant Noël ou celle d'après les dernières vacances scolaires ? Je crois me rappeler un village presque vide. Mais il n'y a jamais foule à Crest-Voland.

Je ne fais même plus semblant d'examiner le dos des volumes. Pour un peu j'appuierais mon front à l'alignement des Pléiades et fermerais les yeux. Une image surgit soudain, d'enfants déguisés, de glissades sur le verglas, de masques. Un petit garçon en anorak vert au-dessus duquel souriait le visage madré, trop large pour lui, de Pompidou, et à l'arrière-plan un clocher à bulbe, des guirlandes d'ampoules multicolores dans le bleu métallique du froid. Le Mardi gras ! C'est donc en février que j'étais allé rejoindre Nicole en Savoie. Mardi gras, est-ce toujours en février ? Quand célébrait-on Pâques cette année-là ? De toute façon nous étions au début de l'année, qui ne peut être que 1967 puisqu'en 1966, ces mois-là de la fin de l'hiver, Lucas venait de naître et gisait encore dans la couveuse de l'hôpital. Or je me rappelle mon retour de Crest-Voland — ces pointes de rage, sèches, rapides, tout au long du voyage — et mon arrivée à la maison où Sabine, oubliant d'où je venais et ne prêtant nulle attention à mes airs tragiques, m'avait accueilli dans une grande excitation de joie parce que Lucas venait de faire ses premiers pas. Il était donc tiré d'affaire, le bébé maladif qu'on avait un temps désespéré de sauver. Comment aurais-je oublié la comédie qu'il me fallut jouer alors, essayant de noyer la rupture avec Nicole dans une effusion de ferveur paternelle que je ne savais pas si j'éprouvais ou non. « A treize mois, te rends-tu compte ? me répétait Sabine. Les médecins m'avaient parlé de quinze mois. Ils n'en reviennent pas. »

De tout mon cœur j'avais tenté de partager le soulagement de Sabine, dont l'intensité me donnait la mesure du péril couru par Lucas et de l'angoisse que j'aurais dû ressentir, alors que depuis plusieurs mois déjà j'avais *classé* les drames en chaîne qui avaient suivi la naissance de mon fils, drames dans lesquels je n'étais pas loin de voir des moyens de pression, un piège sentimental destiné à m'arracher à Nicole et dont, ironie, Sabine n'avait même pas eu besoin.

Les scènes resurgissent, des paroles oubliées, des répliques entières, certaines cin glantes, et toute l'atmosphère à cette époque de l'appartement où nous habitions, rue Henri-de-Bornier, les cris de l'enfant, les trottinements de la Portugaise qui veillait sur lui, mes épuisements de père trop vieux, les orages et les embellies qui se succédaient à toute allure et sans nulle logique dans le caractère de

Sabine. Elle avait tout de suite été sûre de sa victoire, et que Nicole m'avait exécuté. Elle puisait à ses sources de renseignements. Elle ne me considérait donc pas comme un mari revenu à elle par tendresse ou devoir, mais comme un homme vaincu, que la rivale avait saqué. « Elle me laisse ses restes, disait-elle, je suis un pis-aller. » C'est dans cette période-là que j'ai rencontré Nicole à la station de taxis de la Muette où sans doute je m'étais rendu à pied. J'abattais des kilomètres dans Paris, souvent sans but, pour échapper à la rue Henri-de-Bornier, refaire le silence en moi, essayer de me rassembler, de *recoller* derrière mon travail qui m'avait échappé, qui était devenu inaccessible et que je poursuivais pendant des heures comme un homme qui aurait marché devant moi.

Lautréamont, Germain Nouveau. Sylvain Lapeyrat ne doit pas pratiquer Lautréamont tous les matins. Dans mon dos j'entends des rires, qui tournent dans un parfum de cigare. On ne m'a pas offert de cigare. Nicole est-elle donc si sûre que mes dégoûts sont restés les mêmes ? Le doyen parle en français mais il rit en allemand. Le bourgogne du souper me brûle à feu doux l'estomac ; je me sens vieux ; fragile et vieux.

— Je vous le rajeunis ?

C'est Bérénice, elle a touché mon bras, elle tient à la main une bouteille et du menton désigne mon verre où fondent deux glaçons. Je le lui tends en soupirant. « Le natif du Taureau, dis-je, est sentimental, possessif, bâfreur et ivrogne. »

— Vous êtes Taureau ? C'est pour ça que nous nous entendons bien. Je suis...

— Laisse-moi deviner. Si tu as du goût pour les taureaux, tu es...

— Scorpion !

Elle a jeté cela comme un atout maître, dressée, sa frimousse radieuse, où passent dans les yeux des lueurs noires, une prière.

— Vous vous y connaissez en signes du zodiaque ?

— Pas autant que toi, dirait-on. Ainsi tu es une petite scorpionne... J'aurais pu m'en douter à te voir.

— Du 17 novembre.

— Le 17 novembre 1967...

— Ça a l'air de vous plonger dans un abîme de réflexion !

Se moque-t-elle ? Elle m'observe, la bouteille à la main, tout son corps exalté, révélé par cette posture cambrée qu'elle a prise en disant « Scorpion ! », livrée à la vertigineuse coquetterie de l'adolescence, bien sûr, mais en même temps au-delà de la coquetterie, ou en deçà, installée dans une idée d'elle-même que nulle décence ne l'oblige à dissimuler au milieu d'un salon, mais qu'une plus secrète pudeur, me semble-t-il, devrait lui suggérer d'assourdir. Je voudrais la lui imposer, cette sourdine, comme on impose d'un regard silence à une compagne imprudente ou trop expansive. Nicole, de là-bas, nous observe de nouveau. Plusieurs invités cinglent vers nous, lentement. Le vent a tourné. La femme du conseiller culturel caresse son collier de jais, pensive, et de loin me regarde, mais elle ne s'approche pas. Je m'avance, moi, jusqu'au centre de la pièce, où se tient Nicole. « Arrête de boire, me dit-elle sans cesser de sourire, ça ne sert à rien. »

Je ne suis plus l'invité d'honneur, l'homme dont on écoute les oracles, ni même l'ancien amant qui d'un regard fait baisser les yeux, mais l'hôte d'un soir, bientôt importun, à qui l'on a eu tort d'ouvrir sans méfiance la maison, ou encore le vieux pourri d'illusions, avec qui l'on consent à jouer une fausse partie, une partie pour rire, en lui envoyant des balles à sa portée, généreuses, molles. Vivement que ça finisse cette corvée. Regardez-le, il souffle comme un bœuf. Pourvu qu'il ne nous claque pas entre les pattes...

Comment les choses se sont-elles dégradées ainsi ? Tout était si rapide, si léger il y a seulement trois heures. Je suis fatigué, maintenant. C'est à moi de donner le signal du départ, ils n'attendent que cela, à quoi bon traîner ? Nicole ne me parlera plus. Nicole n'a rien, n'a jamais rien eu à me dire. Pourquoi m'avoir fait venir à B. ? Une moue, un mot glissé à madame Grosser et la Présidente aurait renoncé à moi, qui étais réticent. Cette invitation, nos retrouvailles, l'orientation prise par le débat, ce souper, Nicole les a donc acceptés, — mieux : agencés, voulus. Voulue aussi la rencontre avec Bérénice. Voulues, ces questions qui me tournent dans la tête, la ronde des dates, des suppositions, des calculs. M'a-t-elle vu, quand je tournais le dos au salon, compter les mois en dépliant mes doigts un à un, comme font les enfants et les chuchoteurs de soupçons ? Une leçon ? Une vengeance ? Ce n'est pas dans la nature de Nicole ; elle n'aurait pas changé à ce point ; rien dans son attitude n'y fait songer. Elle a paru se prêter un instant à la nostalgie qu'elle avait suscitée en moi, puis elle s'est rendue inaccessible. La jeune dame du château. L'épouse légitime à qui son *cadre* confère une dignité de portrait, que le spectacle de son bonheur protège contre les enquêtes de ce malotru prêt à déballer son stock de souvenirs.

Je n'ai jamais été un homme bien élevé. Cela aussi les Henner devaient le faire valoir à Nicole. Les gens de ma sorte finissent toujours par s'empêtrer dans de piteux mélodrames. A moins que le limpide monsieur Lapeyrat ne soit moins niais et plus machiavélique que je ne l'imagine. S'il est au courant, peut-être a-t-il voulu « vider l'abcès » ? Auquel cas je lui aurais fait la partie belle, avec mes titubations d'ivrogne, mes discours de matamore à plume. Pour un justicier, quel rêve ! Le vieux de Madame est servi, plus très frais, dans sa garniture de littérature, nappé d'une sauce relevée, noyons l'odeur. Ça sent, un amour de bientôt vingt ans. Combien dites-vous, dix-huit ? Quel sens des chiffres ! Les enfants conçus au Carnaval naissent, selon le déroulement de l'année liturgique, sous le signe du Scorpion ou celui du Sagittaire. Est-il vraiment utile de consulter un vieil agenda ou un calendrier universel pour vérifier quelle fut la date de Pâques en 1967 ? L'intuition n'est-elle pas plus sûre, psychologue ? Et ce Sylvain Lapeyrat, si c'est bien de lui qu'il s'agissait, s'il était ce « quelqu'un » qu'à Crest-Voland firent allusivement apparaître les meurtrières confidences de Nicole, où le trouve-t-on dans le scénario ? Caché sous quel masque du Mardi gras ? Disparu de la veille ou réapparu le lendemain ? Un clou chasse l'autre, naïf ! Je répugne à ces soupçons ? On n'est pas plus galant. On croit en la délicatesse des dames. Mais, dans la meilleure des hypothèses, la comédie de ce soir serait-elle si délicate ?

On a déposé en moi le poison et j'irai crever ou guérir, de toute façon discrètement, loin du salon aux bleus de Chine, et de cette Bérénice que quelques mois suffiront à transformer en une barbare petite femelle d'aujourd'hui dont je n'aurai pas idée, si je la croise, d'examiner le profil. Bon vent ! Une année encore et l'enfant miraculeuse ne sera plus qu'un souvenir. Le scorpion aura commencé de piquer ses crapauds « parce que c'est dans sa nature ». « Connaissez-vous ma fille ? » Oui, je la connais, et vous la laisse. Comme je vous laisse les plaques de neige sale dans les jardins de B., la robe de votre épouse, si seyante qu'on la croirait parisienne, votre goût du travail et votre horreur des voyages. Moi c'est le contraire figurez-vous : j'aime les départs et j'ai horreur du travail. J'espère pour elle que madame Lapeyrat, qui autrefois ne détestait pas les aéroports, aura aligné ses plaisirs sur les vôtres, parce que B., autant que j'en puisse juger, c'est le fond de l'entonnoir.

. . . .

— Tu bois toujours du café à des heures impossibles ?

Nicole s'approche de moi, une tasse fumante à la main. C'est dans les westerns qu'on force le soûlard à ingurgiter du café avant de retourner se battre ou accoucher l'héroïne.

Depuis quand suis-je affalé dans ce fauteuil ? Son isolement sous un lampadaire m'a préservé des abordages. Je bois à petites gorgées ; j'en serai quitte pour une nuit blanche. La robe grise de Nicole est mieux que mes sarcasmes ne la peignaient, et Nicole elle-même, qui sourit au-dessus de moi, n'est pas la sorcière que je commençais à redouter. Bérénice, là-bas, perchée sur une jambe comme un héron, écoute discourir le doyen. Ses yeux se sont cernés, elle a sommeil.

— Ne t'en va pas avec les autres. L'un de nous te raccompagnera. Reste bavarder avec moi...

C'est presque un ordre. Nicole est retournée vers ses autres invités qui se préparent au départ. Je me lève. Compliments, promesses vagues. La Présidente — c'est manifestement sa mimique favorite — regarde avec une insistance grondeuse son mari qui me tire par la manche jusqu'à un recoin de l'antichambre. Là, il me fourre maladroitement dans la main l'enveloppe qu'il avait oublié de me remettre à l'issue de la réunion. Tout le monde a détourné les yeux. Nous atteignons d'un coup à un sommet du ridicule. Les portes se referment sur des souffles d'air froid.

Bérénice et son père, en silence, ramassent

maintenant les verres vides, replacent les bouteilles dans un placard, entrouvrent une fenêtre. Nicole tapote le velours du canapé à côté d'elle en me souriant, comme on invite un chien à venir se blottir à côté de sa maîtresse. Que fais-je ici ?

— Si vous videz les cendriers, dis-je, je m'en vais.

— Excusez-nous, murmure Lapeyrat, placide, en s'asseyant, l'habitude...

Bérénice a disparu. Quand elle reparaît elle est vêtue d'une robe de chambre garçonnière, un écossais sombre, elle a dénoué ses cheveux. Ses gestes. L'air qui bouge autour d'elle. Ses cheveux qui brillent, volent. Elle aussi s'assied, aux pieds de sa mère, sur les cuisses de laquelle elle pose ses mains croisées et son menton.

— Parle-nous de Lucas, demande Nicole. C'est bien Lucas ?

— Lucas, dis-je, quel dommage qu'il n'ait pas été là ce soir ! Il aurait entendu toutes ces vérités que je lui destine mais que je ne parviens jamais à lui dire...

— C'est moche, le divorce, constate Lapeyrat de l'air d'un archéologue qui exhume une poterie fragile.

— Non, dis-je. Le divorce, c'est formidable. Ça rend leur dignité aux gens. Avec Lucas la difficulté est ailleurs. Dans ma rage de le réformer, peut-être. Je n'ai jamais su l'accepter tel qu'il est. La passion de changer les gens, de les améliorer, de mon point de vue s'entend, c'est un de mes vices.

— Il fait quoi ? demande Bérénice.

— Il est en hypokhâgne.

— Hou là là ! Moi je suis en « latine »...

Et elle rit. Elle se doute bien que je ne connais pas le jargon du gymnase. Je me tourne vers Sylvain Lapeyrat :

— Dans une autre perspective vous aussi vous avez raison, en ceci qu'un homme divorcé, s'il se sépare d'une famille, devient une espèce d'hypocondre. Il a perpétuellement mal à ses enfants, il se tâte les sentiments, il se croit criminel. Bientôt son amour paternel ressemble à de la neurasthénie : les gosses se sauvent...

— C'est ce qui t'est arrivé ?

— Entre autres misères, oui. Tu te rappelles quel plat on faisait, dans ta jeunesse, de l'« existentialisme chrétien » ?

— Le philosophe qui avait l'air d'un

briard ? Gabriel Marcel ? Mais oui ! Il était même venu à la boîte, à Sainte-Marie, donner une « causerie » aux filles de philo.

— Il explique quelque part que la paternité, c'est l'adoption. Qu'il n'existe pas d'automatisme de la paternité. Qu'elle suppose un choix, une décision qui doivent confirmer les fameux liens du sang, qui à eux seuls ne lient pas grand-chose. Eh bien, je crains de n'avoir jamais adopté Lucas, ou de lui avoir donné à penser qu'il ne serait adopté par moi qu'après avoir changé selon mes vœux.

— Vous lui reprochez d'être ce qu'il est, ou ce que votre ex-femme l'a fait ?

— Je ne lui reproche rien, Lapeyrat. Mais je ne parviens pas à *avoir l'air* de l'aimer. Je ne parviens pas à vouloir pour lui d'un style de vie, d'un bonheur, de valeurs, d'un langage pour lesquels je n'ai pas d'estime. Et puis, pourquoi dites-vous « votre ex-femme », et non « sa mère » ?

Bérénice, le menton toujours posé sur le genou de Nicole, me fixait maintenant d'un regard implacable. Pourquoi ? Le vertige m'avait repris. La vérité se dévoilait à moi au fur et à mesure que je parlais. Pour encourager la jeune fille à intervenir, car j'étais sûr de savoir la retourner, la convaincre, je lui adressai un sourire qu'elle ne me rendit pas. Elle prit plutôt l'air ennuyé :

— Est-ce que vous ne faites pas une montagne de difficultés banales ? C'est classique, tout ça. Un conflit de générations, quoi ! C'est un tel drame ?

— Toi, tu parais heureuse...

— Ça oui. Je suis bien tombée !

— Lucas, vois-tu, cela fait quatre ou cinq ans que je le vois malheureux. Qu'il *est* malheureux. Et moi avec lui. J'ose à peine lui parler, et plus du tout le toucher. Sans être peloteur, on aime caresser parfois un fils. Regarde-toi : tu n'y penses même pas mais dix fois au cours de la soirée je t'ai vue te...

Elle m'interrompit avec colère :

— Ça n'a rien à voir ! De quoi parlez-vous ?

Nicole, ennuyée, lui posa une main sur les cheveux : « Calme, ma Nice, calme... » Puis à moi : « Excuse-nous. Il est tard. »

Bérénice, flamboyante, me défiait. Je me sentis redevenir terriblement adulte.

— Pourquoi es-tu si en colère ?

— Si vous ne le comprenez pas...

Elle se releva dans un mouvement violent, se détourna, ses cheveux lui balayèrent les épaules, elle marcha trois pas et disparut par la porte la plus proche.

— Tu vois, constata Nicole, le sujet n'est nulle part de tout repos...

J'obtins qu'on renonçât à m'accompagner. On appela un taxi par téléphone. Les trois ou quatre minutes qu'il mit à venir s'effilochèrent en banalités. J'étais arrivé, pensais-je, au bout de ma fatigue. Je m'inclinai sur sa main, comme six heures plus tôt à l'Université, mais ne cherchai pas les yeux de Nicole Lapeyrat quand je pris congé d'elle. Ce fut son mari qui descendit avec moi jusqu'au jardin et m'ouvrit la grille, derrière laquelle attendait la voiture, la fumée blanche de l'échappement déroulant dans la nuit son affreuse odeur.

9

La nuit

Peu m'importe l'homme, chez Sabine, dont la voix inconnue m'a répondu à six heures et qui disait « Lucas » sur un ton si naturel. Justifiée ou non, je n'éprouvais déjà plus de jalousie envers Sabine dans les derniers feux de notre vie commune. Mais Lucas ? Ses hommes, Sabine les aime-t-elle à demeure ? Lucas tend-il l'oreille, la nuit, à travers les cloisons ? Viennent-ils seulement chercher sa mère pour l'emmener à la campagne ? Ou bien s'agit-il d'un compagnonnage, d'une habitude confortable, déjà ancienne, d'un type à qui Lucas donne son prénom ? Il m'oppose une discrétion si lisse, si opaque, et dont il est fier, que je suis tenté d'imaginer par là dessous une seconde vie — que dis-je : la première — avec ses rites, ses blagues, ses confidences, ses dimanches matin sous les arbres, ses soirées à la cinémathèque. Le secret dont je suis exclu prend des dimensions de cathédrale. Lucas s'y faufile, fidèle trop pieux, aux épaules basses, plein de dévotions inconnues. Il glisse entre nous en navigateur consommé, lèvres scellées, le cœur en partie double. Trop souple, Lucas, son honneur trop tôt chiffonné : la vie n'en fera qu'une bouchée.

La chambre était-elle si cossue, cette après-midi, si étouffante ? De tout le bien-être qu'elle paraît vouloir dispenser, elle me repousse. M'y retourner pendant deux heures dans le lit en détaillant chaque sottise commise au long de la soirée, et les questions que j'aurais dû poser, et les réponses que j'aurais pu obtenir, n'est pas un sort enviable. Il me semble, en outre, avoir ce soir filouté Lucas, dilapidé un capital qui lui appartenait. Je sors du réfrigérateur camouflé en bahut Louis XV une bouteille d'eau que je bois à longs traits. Une marche me calmerait peut-être. Je dégringole l'escalier aux tapis multicolores. Le portier de nuit ouvre de grands yeux quand je déboule dans le hall.

— Monsieur sait la température ? Monsieur ne peut pas sortir habillé comme ça. Attendez !

Oui, je l'attends, en consultant le plan de B. encadré sur un des murs. Un plan « artistique », parsemé de flèches gothiques, de frontons baroques, une lyre indiquant le Konzerthaus, un lion rugissant, le jardin zoologique. Je repère sans mal Elfenstrasse, où habitent les Lapeyrat. J'ai toujours été débrouillard avec les plans, les cartes. Ce n'est pas si loin. Seuls les sens interdits et la conversation de la Présidente m'avaient fait paraître long le trajet.

Le portier revient, sur le bras une peau de mouton qu'il m'aide à enfiler. Je refuse la toque de fourrure. Je refuse aussi le taxi qu'il veut appeler. « L'insomnie... » dis-je. Il sort aussitôt de son tiroir et brandit une boîte de cachets dont je lui promets d'éprouver tout à l'heure l'efficacité. Sur le trottoir le froid me gifle. La ville est grise, assourdie, avec des diaprures blanches sur l'asphalte et de traîtres reflets de glace. Sous les arcades des silhouettes furtives s'enfoncent dans l'ombre. Je fais sonner mes talons avec tant d'honnêteté que la voiture de police qui avait ralenti à ma vue accélère et disparaît vers la gare. Le froid a tout de suite engourdi mon visage. Je dis « Bérénice », pour décrisper mes lèvres. Je le répète plus fort, « Bérénice ! », je le crie. Le silence des rues n'en est pas troublé. Je crie à l'intérieur de ma bouche.

Au fur et à mesure que je m'éloigne du centre de la ville les plaques de verglas se multiplient. Des odeurs de jardin et de feu stagnent derrière des murs. Musée des Beaux-Arts. Université. La nuit a achevé de dissiper mon ivresse des deux dernières heures. Je cherche à me rappeler mes paroles, mes gestes : ai-je sauvé les apparences ? Il m'arrive d'être seul à savoir combien je me suis éloigné du rivage ; il m'arrive aussi de ne pas me rendre compte de l'effet que mon état produit. Le dernier bavardage, la disparition de Bérénice, l'adieu aux Lapeyrat s'estompent comme si je les avais vécus il y a très longtemps. Voici la grille, le jardin, plus exigu que je ne l'avais vu. Le silence devient oppressant quand mon pas s'arrête. La maison est obscure. Quelle heure est-il ? J'ai oublié ma montre sur la table de chevet où je l'avais déjà posée pour la nuit. Elle est bien entamée, la nuit. De la peau de mouton monte le parfum d'un inconnu. Il ajoute à l'irréalité du lieu, de l'heure, de mon immobilité au bord d'une espèce de rond-point. La maison est striée d'ombres dans une pâleur de lune. Les trois fenêtres du salon, les voilà, sous les brisures tarabiscotées du toit. La chambre de Bérénice se trouve sans doute sur la gauche, par là où elle s'est enfuie en proie à cette incompréhensible colère. La reverrai-je ? De quel droit ? Nicole n'a suggéré aucun projet, tendu aucune perche. L'eût-elle fait que je me vois mal soulevant des montagnes. « Te rappelles-tu la dernière phrase de ton premier livre ? m'a-t-elle demandé, sur le pas de la porte, pendant que son mari cherchait un manteau. *La vie ne rebondit pas, elle coule.* Tu t'en souvenais ? » Qu'aurais-je répondu ? Lapeyrat revenait, le cou pris dans une interminable écharpe rouge.

En cet instant, comme je scrute chaque détail de la maison Lapeyrat, noyé dans la nuit ou découpé par la lune, la certitude s'installe en moi que quelque chose va arriver. Il ne peut pas en être autrement. Sans doute ai-je été imprudent : trop de mots, trop d'alcool et d'exaltation, — comment Nicole m'eût-elle fait confiance tout à l'heure ? Ce n'est que partie remise. Elle ne peut pas m'avoir sans raison convoqué à cette confrontation, imposé cette épreuve. C'est cela : une épreuve. L'ai-je subie victorieusement ? Il me semble avoir été pitoyable ce soir, et l'être encore, frigorifié dans la nuit, les yeux fixés sur une fenêtre — celle-ci ? Non, celle-là ? comme il m'arriva de l'être à vingt ans, pour une fille. Cyrano ou Christian ? J'ai toujours eu, avec la verve de Christian, le nez de Cyrano. Ah ce n'était jamais facile de les bousculer, mes chères proies, avec ce visage en pâté de foie, ces nerfs de violon… Ce soir encore… Rien ne ressemble plus aux affres de l'amour que cette curiosité qui m'a jeté vers Bérénice. Curiosité : le mot est-il assez circonspect ? Dates, ressemblance logique des caractères et des circonstances — tout y est. Voilà trois heures que je le sais. Et Nicole a tout de suite su que je savais. C'est alors qu'elle s'est écartée de moi. Elle m'a fait entrevoir son secret comme un exhibitionniste écarte les pans de son manteau avant de courir se dissimuler dans les fourrés. Quel est mon rôle, maintenant ? Que prévoit pour moi le scénario ? Des cris, des revendications ? Ni la loi ni le bon goût ne les toléreraient.

C'est feutré, le temps, ça étouffe les cris. Qui oserait ! L'architecture d'un foyer, l'âme d'une enfant : ces valeurs sûres sont protégées par des lâchetés à toute épreuve. Y compris *l'épreuve* de ce soir. Nous y revenons : simple scène de comédie, épisode romanesque, hypothèse excitante ? Au choix, — mais rien à voir avec le quotidien de la vie. Mon quotidien. Ma vie. Les humeurs de Lucas, les hauts et les bas de mon travail, le progrès en moi des fissures de l'âge : voilà mes partitions. Je n'ai pas à jouer d'autre musique.

Je me plaignais, il y a quelques heures, avec la complaisance rusée que provoque un public et que facilitent les excitants, d'avoir trouvé la paternité sur mon chemin et d'en avoir été incommodé. Voilà au moins un cas où cette contrainte ne m'aura pas tourmenté ! Et à supposer qu'il me soit arrivé ce soir quelque chose, c'est une mésaventure banale. Les familles sont couvertes de ces égratignures, cicatrisées, autant dire invisibles. Autrefois il arrivait que les sourcils des survivants se levassent un instant, chez le notaire, à l'ouverture du testament : un legs imprévu, une disposition déconcertante, une « dernière volonté » indifférente au qu'en-dira-t-on révélaient avec vingt ou trente ans de retard un secret depuis longtemps éventé. On en avait digéré d'autres ! Aujourd'hui plus personne n'hérite et les ressemblances ne passionnent plus les familles. D'ailleurs il n'y a plus de familles. Ni d'enfants : Bérénice à seize ans connaît peut-être le poids d'un homme, déjà, sur son ventre, ou le connaîtra demain. Pourquoi Nicole n'aurait-elle pas été troublée, à la sotte façon des femmes que fuit leur jeunesse, de me sentir convoiter sa fille ? Ils ne signifiaient peut-être rien de plus, ces regards perplexes, cette confidence avortée.

Je ne me décide pourtant pas à abandonner la place. Cent pas d'un côté, cent de l'autre : un flic en faction. La lune a disparu derrière les sapins qui font un gouffre d'ombre au bout de la rue. Je suis assez lucide, maintenant, pour savoir que je joue une comédie. La plus acharnée, sans spectateurs ni applaudissements, qu'on ne prolonge que pour soi, pour redorer l'idée qu'on se fait de soi. Mon ivresse rêvait d'intenter une action en reconnaissance de paternité ; ma lucidité se défile, elle, satisfaite. Nicole aux environs de Pâques 1967 m'annonçant l'heureux événement dans lequel je pense avoir eu quelque part : je ne parviens même pas à imaginer quelle bassesse j'aurais inventée pour la décourager et la fuir. Elle le savait. Elle n'a fait que se prémunir contre ma lâcheté. Aujourd'hui Bérénice m'a bouleversé parce qu'elle est l'enfant des autres, un être aux trois quarts achevé, la somme d'une longue addition, la victoire et la propriété des Lapeyrat. Faire main basse sur un trésor, c'est dans mes cordes. L'amasser peu à peu, non. Je ne sais amasser que des sensations, des songes, des velléités, des pages, des livres. Je ne suis le père que de mon travail. Je le leur ai assez répété ce soir pour ne pas l'oublier au moment de cautériser la blessure. Bérénice ? J'aurais été incapable de la réussir. C'est comme les maisons : on croit que je les aime parce que j'en change souvent et que j'aime celles des autres, de préférence les plus belles, les plus ornées. Mais les miennes ont toujours été laides et j'étais incapable de les embellir. Je suis un pilleur — pas un architecte.

. . . .

Pelucheuse, tête-de-nègre, la chambre du Rheinischer Hof se referma cette nuit-là, sur la confusion de mes pensées, comme le capuchon que l'on pose sur la cage du mainate pour le faire taire. C'en était fini des appels discordants, des espérances contradictoires. La fatigue (il était près de trois heures quand je rendis sa peau de mouton au portier en lui chiffonnant dans la main un des billets que contenait l'enveloppe Grosser), le vide qui succède à l'impression de trop-plein des amphétamines, et surtout la découverte que, dix-sept ans auparavant, je m'en étais en somme tiré à bon compte, tout cela acheva de dissiper l'illusion compulsive qui m'avait rejeté dans les rues nocturnes. Comme toutes mes tempêtes, celle-ci tournait court.

Je me déshabillai. L'hôtel était surchauffé et l'on pouvait, par cette nuit de janvier, aller et venir nu dans la chambre sans frissonner. Nu, donc : je pus à loisir contempler mon corps dans les miroirs de la salle de bains. Cette exploration douche les espérances incongrues et me rend à une évaluation raisonnable de mon capital et de mes chances.

Vous le constatez, mon comportement, cette soirée et cette nuit de B., hésita constamment entre la perplexité où je me prétendais plongé, et les inconséquences de la chasse amoureuse. Dès que nous nous tournons vers l'extrême jeunesse se manifeste en nous une avidité confuse, équivoque. Elle ressemble au désir. Face à Lucas lui-même je m'étais souvent rendu compte que, vus par un étranger, mon zèle, mon empressement, les séductions que je croyais nécessaire de déployer auraient pu passer pour la parade pitoyable d'un inverti que trouble un adolescent inconnu. De même, à y réfléchir, les regards entendus dont m'accablait madame Du Goissic en tripotant son collier ne signifiaient sans doute pas qu'une intuition subtile ou des racontars l'avaient instruite d'un secret à la porte duquel je piétinais encore, mais qu'elle trouvait mon comportement indécent, que j'avais mauvaises manières à flamber en public pour une enfant, à l'âge et dans des circonstances où un monsieur de mon tonnage devrait être revenu au port. Mais oui, c'était l'évidence. Madame Du Goissic et les autres, qui m'avaient battu froid à la fin de la soirée, n'avaient vu en moi qu'un courailleur vieillissant, incapable, l'excitation aidant, de discipliner son penchant. Quant à la gêne de Nicole, qu'il était difficile de ne pas constater, ils l'avaient mise sur le compte de l'embarras d'une maîtresse de maison qui voit un ancien ami, qu'elle est censée fêter, tourner autour de sa fillette au mépris de toute décence. J'avais vécu, enfermé dans ma chimère, une soirée différente de la vraie, parallèle à la vraie à laquelle je n'avais rien compris, et je m'étais ridiculisé aux yeux de tous.

Aux yeux de Bérénice également ?

Une fille de son âge accepte les expressions les plus crues du désir, vinssent-elles d'un « vieux », même quand elle feint, selon les règles d'une comédie immémoriale, d'en être offusquée. Mais justement rien dans l'attitude de Bérénice n'avait sacrifié à ces vulgarités. Elle n'avait été ni effarouchée, ni provocante. Elle avait paru s'arrêter, elle aussi, au bord d'une vérité inaccessible, devinée, caressée peut-être, et la partager fugitivement avec moi, toute au plaisir du secret et au confort d'une rencontre sans lendemain.

Sans lendemain, vraiment ? Etait-il concevable que l'intensité avec laquelle nous avions tous les trois, Nicole, Bérénice et moi, vécu ces heures ne fût suivie d'aucun signe, d'aucune explication ? Pour moi la soirée n'était pas terminée. J'étais ressorti, j'avais guetté la maison endormie, je tournais maintenant dans ma chambre au lieu de chercher quelques heures de repos, parce qu'il me paraissait impossible de ne pas prolonger l'épisode confus dont je refusais d'émerger. Et puisque la nuit décidément était muette, vide, c'est des heures du matin que désormais j'allais attendre la révélation jusqu'alors différée. J'avais à voix haute et à plusieurs reprises annoncé mon départ, l'heure de mon train. C'est tout juste si je n'avais pas indiqué le numéro de mon wagon, celui de ma place. On s'était détourné pour n'avoir pas à m'accompagner. Je n'avais, il est vrai, selon la formule de la Présidente — un siècle s'était écoulé ! — « que la place à traverser ». Que croyais-je donc ? Je ne croyais rien, je *savais*. Je savais que Nicole, une fois son mari parti pour l'usine, et dans ce pays les maris s'en vont travailler à l'aube, ne résisterait pas à la tentation de courir jusqu'à la gare et d'y aggraver — ou dissiper ? — l'équivoque dont toute notre soirée avait été embaumée. Je me rappelais l'humilité avec laquelle, autrefois, Nicole se pliait à mes horaires, à mes caprices, me rejoignait dans les conditions et les lieux les plus déraisonnables. A moins que ce ne fût Bérénice ? Mon train partait-il assez tôt pour qu'elle pût venir jusqu'à moi avant de se rendre au gymnase ? Les filles jeunes ont l'audace plus facile que leurs mères. Même à B., où règne l'apparence d'un ordre immuable, il doit bien arriver aux adolescentes de sécher un cours, de risquer une démarche imprévue. On en dit même de belles, à mi-voix, sur la liberté des filles de là-bas, cette hardiesse que la Réforme, la richesse, la présence des montagnes et des lacs semblent avoir portée à son point d'incandescente perfection. Il était impossible qu'une petite Française aussi dégourdie que Bérénice n'eût pas été touchée par la grâce du lieu ; cette aura autour d'elle, où la sensualité le disputait à l'enfance, avait agi fortement sur mon rêve et nourrissait la certitude où j'étais de la voir apparaître, dans quelques heures, sur le quai, vêtue en lycéenne, emmitouflée à cause du froid, la peau rougie, les yeux gais.

Plusieurs fois je sursautai, ne sachant pas si le film qui tournait en moi appartenait aux songes ou à la réalité, redécouvrant avec incrédulité la chambre moite, les lampes allumées. Je les éteignis et le sommeil, enfin, eut raison de moi.

. . . .

C'est au début de mon mariage avec Sabine que j'avais pris l'habitude — elle m'a passé — de noter au réveil mes rêves de la nuit. Non pas que j'eusse pour eux grand intérêt, mais Sabine aimait à raconter les siens. Elle prétendait en faire beaucoup, et des plus singuliers, foisonnants. « Je suis une usine à rêves », disait-elle avec gourmandise en étalant du miel sur sa tartine.

Elle tenait à ce que les petits déjeuners fussent de vrais repas, toute une cérémonie. La table était couverte de pots, confitures, céréales extravagantes, fruits, théières, sucriers pleins d'édulcorants à la dernière mode ou au contraire de sucres bruns, non raffinés, plus vrais que nature. J'avais pris en grippe cette liturgie matinale avec d'autant plus de hargne que Sabine, un jour sur deux, assaisonnait cette mangeaille du récit méticuleux de ses divagations nocturnes. Il m'en était venu une frustration assez comique et je m'étais bientôt exercé, mettant à profit le bloc et le crayon que tout écrivain consciencieux garde, même la nuit, à portée de main, à noter mes songes, que je ne racontais jamais, certes, mais dont pendant un temps j'examinai les bribes et les épaves dans l'espoir toujours déçu d'y trouver quelque aliment propre à nourrir mon travail.

Rien ne subsiste de tout cela, sinon l'habitude, au matin, d'essayer de ressaisir avant leur dispersion et leur oubli quelques images de mes nuits. C'est devenu une discipline à laquelle je me soumets de plus en plus scrupuleusement : l'âge embrume en effet, et dissipe, la plupart des pensées ou sensations qui me traversent, me séduisent, retournent au néant.

Ce matin-là, à B., quand la voix épaisse de la standardiste m'éveilla en m'indiquant l'heure, elle me tira d'un sommeil agité, noir, dont il me sembla que jamais je ne me décrasserais tout à fait. J'allumai les deux lampes de chevet, la radio et, par réflexe, tentai de donner forme aux lambeaux obscurs que l'appel du téléphone avait déchirés.

Il s'agissait, me sembla-t-il d'abord, du plus banal des rêves érotiques, qu'expliquaient assez mes abus d'alcool et le cours pris par mes pensées avant que ne vînt le sommeil. Je fis encore un effort en attendant qu'on m'apportât le café commandé pour sept heures. Alors tout se mit en place. Oui, le plus ordinaire des rêves — encore que mon âge eût espacé les manifestations de cette qualité — au cours duquel j'avais été rudoyé et mis à mal de plaisante façon. Ma seule surprise vint de ce que le partenaire de mes ébats involontaires n'avait pas été, comme on aurait pu s'y attendre, Nicole, ni Bérénice (ni l'*intense* madame Du Goissic), mais Sylvain Lapeyrat soi-même, qu'il me sembla me rappeler avoir vu, en songe, doté d'autres façons d'être tonitruant qu'une simple voix caverneuse.

On frappait à la porte. Le plateau du petit déjeuner arrivait, précédé de parfums matinaux. Je me surpris à sourire. « Eh bien, me dis-je, voilà une information ! Cette fois j'ai fait *le tour du problème...* »

Puis l'arôme du café et la nécessité de me hâter dissipèrent les fantaisies de mon inconscient.

10

Le départ

J'écartai les rideaux : le début du jour était mouillé, plein de reflets. En quelques heures le temps s'était attiédi, les traces de neige avaient fondu, la ville pataugeait. J'espérais un froid coupant, un matin cruel et victorieux ; le destin m'offrait cette éponge sale. La migraine me plombait le front. Je m'assurai que le téléphone était bien raccroché : il ne l'était pas. Dans la confusion de mon réveil j'avais reposé le récepteur de travers sur la fourche. M'avait-on appelé ? On se lève tôt, à B. Je résistai à l'envie d'interroger le standard. Coupable, déjà ? Je bus une quatrième tasse de café et presque aussitôt mon cœur s'affola. Stimulée, la douleur me battit les tempes en vagues furieuses. Je connais mes yeux dans ces moments-là : de minuscules trous gris, les pupilles étrécies. « Je vais leur montrer une belle tête... » Je pensais : *leur* montrer. Je ne les dissociais pas.

Plus tard, prêt au départ, j'évitai l'ascenseur et empruntai l'escalier au marbre blanc, aux arabesques de fleurs. Dans sa dernière volée, qui domine le hall, je me redressai, balançai mon sac à bout de bras avec l'aisance appliquée d'un comédien s'apprêtant à entrer en scène. Mon regard fouilla en vain chaque recoin où des canapés, des poufs, des fauteuils accueillaient le large cul des hommes d'affaires. Des hommes, partout des hommes, leurs joues luisantes, rasées de près, leur appétit de vivre. Des Japonais se pliaient et se dépliaient devant la porte fermée d'un salon. A la réception, on m'opposa un geste de refus courtois quand je voulus payer ma note de bar : « Frau Grosser a dit... Tout est en ordre. » Oui, tout était en ordre. Je sortis de l'hôtel et m'apprêtais à traverser la place en diagonale quand un trolleybus surgit de l'ombre à peine pâlie, me frôla, m'éclaboussa. Le contretemps me fit jurer.

Je rentrai aussitôt au Rheinischer Hof où, me voyant, un portier tira de derrière son comptoir une serviette, une brosse et s'agenouilla à mes pieds, résolu, autant qu'à le nettoyer, à chiffonner mon pantalon. Je lui échappai à grand-peine et allai demander au concierge d'appeler Paris. Le numéro de Sabine. (Avant chacune de mes trahisons, fût-elle minuscule, j'essaie de la racheter par quelque compensation connue de moi seul.) J'ai tenté sans le lui dire d'apprendre par cœur l'emploi du temps et les horaires de Lucas, afin d'avoir chance de lui téléphoner sans tomber sur sa mère. Je sais quelle hâte il met à se jeter sur l'appareil dès qu'il sonne : s'il est là, aucun risque. Le mardi matin était un bon jour.

— Salut, ai-je dit, c'est moi.

— Salut, a dit Lucas, d'où appelles-tu ?

— Je suis encore à B. Je prends mon train dans une demi-heure.

— Et moi dans une demi-heure j'ai le bahut. Je m'en allais. Ton truc s'est bien passé ? C'était pas trop rasoir ?

La voix était naturelle. Pressée, mais naturelle. Bien entendu ce coup de téléphone était une fausse bonne idée. On n'a pas de bouffées d'affection, à B., les matins d'hiver. Pas plus qu'on ne saute les femmes à l'aube, quand elles ont les dents grasses. Il m'arrive de plus en plus souvent, aux heures inhumaines, d'essayer d'imposer à la vie des activités, des mots, des gestes que la sagesse devrait réserver aux heures douces du soir ou à la nuit.

J'étais debout contre un mur, la tête et les épaules à demi mangées par une coque de plastique insonorisée. Je voyais sans les entendre des Japonais de plus en plus nombreux échanger des salutations. Silence de Lucas, un instant de trop. « Quand se voit-on ? » ai-je demandé. (Je savais que jamais mon fils ne s'étonnerait de mon appel, ne m'en demanderait la raison. Il n'a pas de ces curiosités.)

— Samedi, comme d'habitude ?

— Tu ne veux pas que nous dînions ensemble un soir de la semaine ? Demain par exemple.

— D'accord, demain. Tu m'excuses, hein ? Ton ami Lancelot m'attend. Merci d'avoir appelé.

Chacune des répliques de Lucas bouclait une issue, coupait court à une effusion. J'ai l'habitude. Par habitude aussi je lançai : « Salut bonhomme ! » et je raccrochai.

Les gares d'Europe ont ceci de différent des vestibules de palaces que les jeunes filles et les femmes y abondent. La Centralbahnhof de B. ne faisait pas exception à cette règle. On comprend que les esseulés, les assassins rôdent dans les gares : les femmes y sont sans défense, moroses. Prêtes à écouter le diable. Les trains les amènent des banlieues et les jettent aux bureaux, aux écoles, aux boutiques. Les sages marchent d'un pas décidé, leur bouche souffle de la buée ; les autres, les nonchalantes, laissent leur regard traîner, s'arrêtent devant les vitrines des galeries marchandes ; elles sont les aventurières du matin.

Nicole ? Je ne l'attendais plus. Il était par trop improbable qu'apparût ici la dame à la robe grise. Le temps avait passé. La sage fille aux gestes fous d'autrefois n'était plus. Bérénice, oui, elle allait venir. Seule, ou entourée de ses copines, je lui voyais fort bien la langueur gouailleuse des filles de la gare, leurs yeux de côté, un rien canaille. Vêtue comme elles, probable. Un jean de velours, des bottes. Peut-être ces *moon-boots* au laçage multicolore que beaucoup portaient, qui leur faisaient une démarche d'éléphant, du meilleur effet quand elles avaient les hanches minces. Et un anorak. Toutes les filles de la gare portaient un anorak.

Avoir une fille : l'expression est glissante. A l'infinitif, c'est être son père ; au passé composé, son amant. Comment est-ce, avoir une fille, à la maison ? Quels objets traînent-ils sur les meubles, quels parfums, dans les couloirs ? Les portes claquent-elles autrement qu'avec les garçons ? Les cassettes ont-elles la même façon de vociférer, les téléphonages de s'éterniser ? A treize, quatorze ans elles ne sont encore que des chèvres impudiques, elles déplacent trop d'air, elles font peur. Mais ensuite ? A quel moment, et avec qui, concluent-elles l'alliance mystérieuse qui fera d'elles des femmes ? Quel est l'événement, quelle est la rupture ? Non pas les premières coucheries, les hâtives culbutes auxquelles on sait désormais que les filles succombent à peine passé l'âge des jouets. « J'ai été bâclée », disait déjà Nicole il y a dix-huit ans. Je ne pense pas à cela mais à la mue secrète, quand une fille perd ses angles, quand ses gestes s'arrondissent, qu'un silence succède en elle au tintamarre adolescent. Observer cela. Vivre cela au jour le jour, et chaque jour être plus perplexe. Etre l'homme dont l'ombre s'étend sur ce petit territoire saccagé, éperdu, prêt à la soumission. Emerveillement ou jalousie ? Dans quels sentiments vous débattez-vous, monsieur Lapeyrat ? Avez-vous su accompagner Bérénice dans le voyage, lui donner ses aises ? Avez-vous collaboré au mûrissement de cet éphémère chef-d'œuvre qu'hier soir vous me regardiez découvrir ? Je n'ai aucune raison de vous soupçonner de maladresse. Encore moins d'indifférence. La paix règne sur la maison d'Elfenstrasse. Elle exaspère mon dépit. Elle ruine mes supputations.

Au petit déjeuner, que votre idée du monde doit vous contraindre à prendre en famille, avez-vous parlé de moi ce matin ? Le garçon inconnu — Jean-Pierre ? Jean-Paul ? — a sans doute posé des questions. Je me fiche de Jean-Pierre ou Paul, il est à vous. Mais que lui a-t-on répondu ? Voix de Nicole. Voix de Bérénice. C'était à elles de parler. Choix des mots. La feinte brutalité ou le ton neutre ? Ne jamais découvrir de quelles formules, en notre absence, nous sommes accablés. Comment

Bérénice a-t-elle fait pour voler une heure à son emploi du temps, et venir ? A-t-elle rusé pour s'habiller autrement, enfiler un manteau, partir sans être vue de sa mère ? Vais-je la voir apparaître vêtue en jeune fille de luxe, son allure tranchant sur la cohue des gymnasiennes et des dactylos dont autour de moi la ronde me donne le tournis ? Je mentirais si je prétendais avoir cru la reconnaître, m'être aperçu au dernier moment de ma méprise, etc. Chaque silhouette pourrait être la sienne mais aucune ne me trompe. Les minutes passent. Mon train « s'est formé », comme on dit, il est déjà à quai. Je suis stupide : si Bérénice a chance de me trouver c'est en le parcourant, ce quai, en patrouillant le long des voitures dont la destination, Paris, est clairement indiquée sur des plaques blanches. C'est là qu'elle me cherche et non pas dans les remous de foule ou de volière où je me dévisse le cou depuis dix minutes.

Je me hâte vers le quai 3. Le train s'y trouve, sa couleur de saumon fumé éclatante dans la brume de la gare. De nouveau, les hommes. Si les filles appartiennent aux régions suburbaines et marchandes de la vie, les longues distances, les affaires, le grand argent appartiennent aux hommes. Une jeune fille, ici, on la verrait comme du soleil en hiver. Quelques dames aux cheveux bleus poussent un chariot, tirent un chien. D'autres trottinent derrière un porteur. Des voix allemandes martèlent ces avertissements du destin qui tombent du haut des verrières. Voici ma voiture, ma place. A peine mon sac posé je redescends sur le quai. Un homme le remonte en courant, un petit garçon dans ses bras. Du brouillard paraît se former, s'épaissir. Un homme à casquette me parle, puis, comme je ne le comprends pas, me pousse dans le wagon. Un chuintement pneumatique accompagne la fermeture des portes et le quai gris, vide, commence à défiler dans l'encadrement de la fenêtre. Il est huit heures quarante-trois.

. . . .

Elles m'ont laissé m'enfuir comme un voleur. Elles n'ont pas daigné venir me disputer le secret que je leur avais dérobé, ni me l'offrir. Sont-elles si riches qu'elles ne se soucient pas de mon larcin, ou en connaissent-elles la valeur dérisoire ?

Parce qu'elle est ordonnée, la banlieue de B.,

dans les effilochures de nuages du matin de janvier, paraît plus désolée encore que celle de Paris la veille. Comment disait-il, le grand frénétique ? Un « cauchemar climatisé ». Mais non, comme toutes les expressions pathétiques celle-là est trop éclatante. Nicole a la mémoire juste ; elle a retenu de mon premier livre, qu'elle est bien seule à se rappeler, l'unique phrase que je signerais encore aujourd'hui. Ses mots me bercent. La vie ne rebondit pas, elle coule. Comme elle coule sur les agglomérations proprettes et prospères, étalées à l'infini du matin sale, dont je ne peux pas détourner les yeux

Autour de moi on a déployé des journaux. Je suis seul à ne m'être pas muni des nouvelles du monde, muré dans mon ressassement, mon mal de tête, l'étonnement avec lequel je constate que déjà s'éloigne et s'affadit l'humiliation que je viens de subir. Ah, comme dirait Lucas, elles m'ont bien *fait ma fête* les jeunes dames de B. ! Qu'est devenue la superbe avec laquelle je débarquais du train il y a tout juste dix-sept heures ? Dix-sept heures, dix-sept années : le destin est joueur. Que suis-je allé faire à B. ? Autrefois, dans des circonstances comparables, j'avais des hâtes et des appétits de chiot. Mon outrecuidance croyait avoir inventé ces hussarderies. Jusqu'au jour où le vieux Marcel Th., dans un dîner littéraire (et cette expression suffit à indiquer que nous remontons au déluge), promenant une paupière moqueuse sur ce gratin, m'avait glissé à l'oreille : « Que fout-on ici, hein ? Heureusement qu'on peut chercher laquelle on baisera cette nuit... » A la bonne heure, je comprenais ce langage. Puis, à la réflexion, j'avais contemplé Marcel Th. avec effarement : parlait-il au passé ou au présent, pour lui ou pour moi ? Son profil de vieux beau humait sans dégoût l'air chargé des fatigues et des parfums d'une fin de soirée ; son œil brillait. Quoi, les vieux baisent ! Leurs vieux costumes, leurs vieux gilets, ils les retirent encore dans la pénombre d'une chambre, ils en extraient leur corps à la peau trop large et tachée pour en offrir l'usage aux dames ? Marcel Th., en ce temps-là, avait mon âge d'aujourd'hui — peut-être moins.

Les maisons se raréfient, des bouquets de sapins parsèment maintenant la campagne blanche, où tient la neige. On voit des autos rouler lentement dans la boue, phares allumés.

La distance se creuse entre moi et B., entre moi et la maison d'Elfenstrasse, entre moi et l'insolent petit fantôme si vite renfoncé dans l'inconnu de sa vie, ses secrets comme des os enterrés, ses passions, tout ce qu'une heure hier j'ai cru entrevoir mais qui me restera interdit. Je suis fatigué, et Bérénice est une enfant. Quelques jours délayeront ce que j'ai cru, l'espace d'une soirée, être intense, extrême. Le visage de Bérénice surnagera un moment, dans la mesure de cette ressemblance qui m'a bouleversé, puis cela aussi — le visage, la ressemblance — perdra de son urgence, s'effacera. Un jour je verrai resurgir Bérénice. Elle aura vingt ans, elle sera étudiante, elle voyagera, elle allumera des cigarettes, elle habitera Paris, aura besoin d'un service ou d'un conseil, m'appellera. Ses traits se seront épaissis et son corps, affiné. Je penserai : « Tiens, cet accent, je l'avais oublié... » Un homme se tiendra à ses côtés, ou un autre, qui me paraîtra jeunot, ou au contraire avoir beaucoup servi, et je trouverai à la vie de Bérénice, telle qu'elle l'étalera pour moi, un caractère méthodique, décidé, cet *allant* qui fait peur aux hommes et leur donne envie d'une soirée solitaire. « Maman vous aime beaucoup », me dira-t-elle, et ces mots eux-mêmes ne signifieront rien. Rien.

. . . .

Les journaux battent un moment comme les ailes de grands oiseaux qui agonisent, se cassent en chiffons blancs sur les genoux, glissent au sol. Les bouches s'ouvrent, les cous fléchissent. Un bar roulant apparaît, précédant l'employé qui le pousse, à qui je demande de verser deux cafés dans un seul gobelet. Surtout, ne pas m'assoupir. Je veux explorer jusqu'au bout cette sensation de dessaisissement que j'éprouve. Dormir, une fois n'est pas coutume, ce serait trop commode. Dans la poche de ma veste mes doigts tombent sur la plaquette où sont encore encloses trois dragées bleues. Je sais qu'il ne faut pas en absorber deux jours de suite. Accoutumance, dérapages. J'ai toujours respecté cette discipline. Mais l'étau est trop serré sur mon crâne ; une ébullition va soulever le couvercle. Je presse du pouce au fond de ma poche, en cachette, comme si deux cents personnes étaient encore là pour m'épier, sur leurs alvéoles pour en extraire deux dragées, que je glisse dans ma bouche entre les gorgées brûlantes du café. Puis je ferme les yeux, appuie ma nuque sur le dossier et mes doigts sur mes paupières, très fort. J'entends mon sang battre, le silence rugir. Il n'y a plus qu'à attendre. Tout à l'heure, dans la gare, quand je dévisageais les filles dont les grappes se distendaient entre les quais et la sortie, la douleur avait disparu. Bérénice, fût-elle apparue, m'aurait trouvé intact, attentif. A peine le convoi s'est-il ébranlé que le battement lancinant a repris possession de moi.

En quelques minutes une lente rafale disperse mes nuées. Un fourmillement accélère et fluidifie mes sensations. Une foule court dans ma tête. Je résiste un moment encore à l'envie d'ouvrir les yeux, afin de consolider le fragile bien-être qui m'envahit. Quand je les ouvre, je découvre qu'assis en face de moi un voyageur m'observe. On dirait qu'il suit sur un écran les batailles et les piétinements déchaînés dans ma tête. Mon air de dignité ne le trouble pas. Je me lève, vais aux toilettes où je me passe de l'eau sur le visage. Miroir. Mes yeux se sont dilatés, une curiosité en moi s'est réveillée qui les habite, les fait briller. Je cherche une fois de plus quelles révélations peuvent livrer les traits d'un homme. Les ressemblances sont des intuitions fuyantes, passagères, elles glissent l'une sur l'autre à la façon des transparents dont on compose les portraits-robots. Il y a des gens très forts à ce jeu-là. Ils ne peuvent pas regarder la télévision, même les dessins animés, sans voir surgir l'oncle Edmond, la cousine Rose. Jusqu'à la veille je ne pouvais guère, avec quelque vraisemblance, m'évoquer à moi-même que Lucas, et parfois — de plus en plus difficilement parce que son souvenir s'estompe — ma mère. Mais ces évidences ne m'apportaient nulle information et, malchance, elles me navraient. Il faut s'aimer soi-même pour aimer l'être qui vous précède, celui qui vous suit. Cette chaîne des générations, qui a belle réputation et remue les cœurs, m'enchaîne sans me rassurer. Comment aimerais-je reconnaître chez d'autres les caractères que je suis parvenu à gommer en moi ?

Quand Lucas, vers ses quinze ans, avoua soudain une silhouette, des gestes qui pouvaient passer pour évoquer les miens, ce sont les autres, bien entendu, qui s'extasièrent devant cet *air de famille* que je ne fredonnais pas, faute de le reconnaître. Des photos, un film d'amateur me prouvèrent qu'ils voyaient juste ; j'en fus mortifié. Je commençais à trouver Lucas assez beau : du jour au lendemain je me mis à l'examiner à la dérobée, plein de suspicion, puis à le plaindre. De toute ma force, alors, je lui ai souhaité d'échapper à cette conformité qui, Dieu sait pourquoi, émerveillait les gens. Dans le même temps, sans nulle logique, je continuais d'exercer sur lui une influence, et même une domination dont la plus honorable justification ne pouvait être que cette affinité, entre lui et moi, que j'espérais avec emportement. Tout cela formait un nœud de fanatismes contradictoires. Une machine à souffrir. Mais comment expliquer qu'hier, quand il m'a été révélé que Bérénice me ressemble, loin d'induire de ma découverte les lois fatales qui auraient dû condamner à mes yeux la jeune fille, je me sois senti ruisseler de si jolis sentiments ?

L'événement, hier, m'exaltait. En ceci peut-être qu'il était lié à des aventures du corps et du cœur, à de la mémoire, à de l'oubli, à ces deux troubles mêlés, inséparables, que je ressentais en retrouvant Nicole, en découvrant

Bérénice, et plus encore en découvrant qu'un sentiment peut en cacher un autre et qu'au fond d'une émotion exceptionnelle, dramatique, vite idéalisée, continuent de palpiter les chères vieilles boues du désir.

Avec ses grands pieds, sa voix sur deux tons, sa peau toujours douteuse à la nuque et derrière les oreilles, le garçon, lui, n'évoque pas les anges. Entre le moment où il perd sa grâce et celui où il devient un homme s'étend une vaste friche. Avant, on est pour lui un modèle, un maître ; après, on espère seulement lui inspirer encore un peu de cette condescendance rugueuse qui flattera d'autres régions de l'instinct paternel. Etre le plus fort, être le plus faible : les deux situations peuvent donner du bonheur. Avec Lucas, je suis écartelé entre elles, comme lui entre ses deux rôles possibles. Je ne lui inspire plus de respect, ni encore de pitié. Le temps est loin où il ne doutait de rien qui vînt de moi, — et il n'en est pas encore, devant mes faux pas, mes essoufflements, à savourer les mélancolies du temps qui passe et de la mort. Il guette, il grogne. Toutes les comédies me conviendraient mais Lucas n'en joue aucune, tout à son théâtre intérieur, à ses tragédies, à ses indignations, à ses resquilles, à ses chimères. J'ai essayé de prendre pied sur ce continent éphémère, surgi des vagues et que les vagues engloutiront, mais on m'a repoussé. Lèvres minces, voix brève : « Tu m'excuseras, mais le bahut... » Plus jamais les bourrades d'autrefois ; plus jamais les embrassades soudaines, les excès de passion ; plus jamais les immenses désespoirs, les explications du monde, les coups de rigolade. Nous traversons l'aride pays. Rien ne pousse plus sur notre tendresse.

Les enfants des autres ? Je n'en connais guère, sinon ceux de ma tribu, laquelle paraît-il collectionne les exceptions. Nous sommes des bousilleurs de statistiques. Le paysage est pourtant banal : des fugues, un peu de drogue, la vie sans muscles ni principes, — mais aussi les concours, les carrières, les dents de loup. Rien à tirer de là, aucune loi. A l'âge de Lucas le fils de la grande Maguelonne Judas la battait comme plâtre et pillait son sac, façon mac. Les filles de Louvignac, à quinze ans, se partageaient les plagistes de Cavalaire. Mais ces écarts, pour pittoresques qu'ils soient, ne sont pas notre monopole. Les bourgeois de haute tige en ont autant à la disposition du sociologue.

Le train arrivera à Paris quelques minutes après une heure. C'est un moment de la journée où Lucas aurait pu venir me chercher. Depuis qu'il a passé son permis Sabine lui prête volontiers la voiture. Aurais-je dû le lui demander ou attendais-je qu'il y pensât ? Je l'aurais emmené déjeuner dans une de ces tavernes alsaciennes qui fleurissaient autrefois autour de la gare de l'Est. Mon père les aimait. Il doit en rester une ou deux. Je lui aurais raconté... Raconté quoi ? Les parties de jambes en l'air avec mademoiselle Henner au temps où lui, Lucas, haletait sous sa couveuse ? L'art et la manière que j'avais de trahir sa mère ? Et que Bérénice Lapeyrat possède les mêmes yeux que lui, et son menton ?...

Si l'on éprouve tant de mal à parler à ses enfants, c'est aussi qu'on ne peut rien leur dire. Dès que la vie tangue, mieux vaut se taire si l'on ne veut pas tourner à la caricature. Il n'y a de vie que privée, et sur celle-là, bouche cousue. Restent les principes, les idées générales la marche du monde, et

« Te-sens-tu-prêt-pour-ton-examen ? » — autant dire la ronce, bonne à être arrachée.

Avec Lucas j'ai tout essayé. Les tête-à-tête fervents ? Nous nous embêtions. Les coups de beauté, en traître : Venise, le Mont-Saint-Michel. Le ski : il me trouvait godiche. Le style camarade ? Il me disait : « Tu te forces... » J'ai même essayé de lui écrire. Mon métier, — j'aurais dû y exceller. Au lieu de quoi je lui ai envoyé à cinq ou six reprises de ces poulets farcis de plaintes, de confidences tronquées et truquées comme en griffonnent les veuves et les plaquées à qui le face-à-face donne des vapeurs. On se tord la gueule en silence puis, sitôt la porte claquée, à la plume ! Lucas ne m'a jamais répondu. Il ne me disait même pas s'il avait reçu mes lettres.

Le café ambulant n'était pas fameux. Quand je m'éveille, le jour est sorti de sa léthargie. Le soleil sur mon visage a chauffé mes songes avant de les interrompre. Je ne sais plus où j'en suis de mon rabâchage malgré les guirlandes de phrases qui se tressent en moi. Car j'écris souvent, en rêve. Ma prose s'y déploie en queue de paon, s'y gonfle, s'y pavane, quelle musique ! Elle s'y permet aussi des folies de vitesse, des arrêts pile, des sécheresses exquises. Au matin, le chef-d'œuvre est envolé.

J'ai vécu ces vingt dernières heures comme on lit une histoire, passif, désemparé devant ses blancs, agacé par ses lenteurs. Elle continue de se tisser en moi, elle s'organise, elle s'écrit. Rien de tout cela ne glissera une seconde fois au néant. A peine me le suis-je juré qu'une jubilation me submerge. Vivant ? Encore vivant ? Toutes les paroles qu'ils m'ont rentrées dans la gorge, les confidences refusées, les vérités impossibles à dire, celles que la délicatesse exige qu'on embellisse, qu'on travestisse — je vais leur donner forme. Déjà, avec Nicole, avec Bérénice, j'ai un rendez-vous autrement plus scabreux que celui de la gare de B., où elles ne sont pas venues. Le jour de mon choix, qui peut être proche, elles liront notre histoire dont chaque mot, chaque mot se plantera en elles et y fera son ravage. Et la Présidente aussi lira, et le doyen, et madame Du Goissic, et le beau Lapeyrat, et Sabine, et Lucas. Ils rêveront de bâillon, de saisie, d'autodafé — à tout le moins de faire *ceux qui ne me connaissent pas.* Ainsi s'esbigne-t-on, dans la rue, devant une rixe où quelqu'un saigne. Mais il leur faudra avaler jusqu'au bout le serpent. Quant à Lucas, comment m'imposerait-il silence ? Comment refermerait-il mon livre ? Il ne le rejettera, celui-là, que le dernier mot lu, et mon amour lui éclatera au cœur comme une grenade.

Ménerbes-Caux,
été 1985.

TABLE

Achevé d'imprimer le 3 février 1986
sur presse CAMERON,
dans les ateliers de la S.E.P.C.
à Saint-Amand-Montrond (Cher)
pour le compte des éditions Grasset
61, rue des Saints-Pères, 75006 Paris

N° d'Édition : 6928. N° d'Impression : 250.
Première édition : dépôt légal : décembre 1985.
Nouveau tirage : dépôt légal : février 1986.
Imprimé en France
ISBN 2-246-37031-0 broché
ISBN 2-246-37030-2 luxe